COLLECTION FOLIO

Ray Bradbury

Le meilleur des mondes possibles

et autres nouvelles

Traduit de l'américain par Jean-Pierre Harrison
Traduction révisée par Julie Pujos

Gallimard

Ces nouvelles sont extraites du recueil
Les machines à bonheur (Folio SF n° 312)

Raymond Douglas Bradbury (1920-2012) est né dans l'Illinois. Il a raconté son enfance, sous une forme déguisée, dans *Le vin de l'été*. Découvrant Edgar Allan Poe, Jules Verne, Edgar Rice Burroughs, les premières bandes dessinées de science-fiction, les films d'horreur, il décide très tôt de devenir écrivain et fonde dès l'âge de quatorze ans un magazine amateur pour publier ses textes. Malgré quelques nouvelles fantastiques parues dans des supports spécialisés, son style poétique ne rencontre le succès qu'à la fin des années quarante, avec la parution d'une série de nouvelles oniriques et mélancoliques, plus tard réunies sous le titre de *Chroniques martiennes*. Publié en 1953, *Fahrenheit 451* assoit la réputation mondiale de l'auteur, et sera adapté au cinéma par François Truffaut. Bradbury abordera également d'autres genres, ainsi le roman policier avec *La solitude est un cercueil de verre*, le fantastique avec *L'homme illustré*, et d'autres domaines, en transposant *Moby Dick* au cinéma avec John Huston, et en écrivant des scénarios pour la mythique série télévisée *La Quatrième Dimension*.

Développant des thèmes volontiers antiscientifiques, Bradbury s'est attiré les éloges d'une critique et d'un public non spécialisés, sensibles à ses visions nostalgiques et à sa prose accessible.

Lisez ou relisez les livres de Ray Bradbury en Folio :

LA SOLITUDE EST UN CERCUEIL DE VERRE (Folio n° 2281)

LE FANTÔME D'HOLLYWOOD (Folio n° 2566)

LA BALEINE DE DUBLIN (Folio n° 2691)

... MAIS À PART ÇA TOUT VA TRÈS BIEN (Folio n° 3182)

FAHRENHEIT 451 (Folio SF n° 3)

CHRONIQUES MARTIENNES (Folio SF n° 45)

TRAIN DE NUIT POUR BABYLONE (Folio n° 3572)

MEURTRES EN DOUCEUR *et autres nouvelles* (Folio 2 € n° 4143)

L'HOMME ILLUSTRÉ (Folio SF n° 218)

DE LA POUSSIÈRE À LA CHAIR (Folio SF n° 251)

LA FOIRE DES TÉNÈBRES (Folio SF n° 262)

LES MACHINES À BONHEUR (Folio SF n° 312)

LES POMMES D'OR DU SOLEIL (Folio SF n° 401)

UN REMÈDE À LA MÉLANCOLIE (Folio SF n° 429)

LÉVIATHAN 99 (Folio SF n° 447)

Marcel Aymé, Ray Bradbury, Dino Buzzati, 3 NOUVELLES SUR LE TEMPS (Folioplus classiques n° 240)

L'ARBRE D'HALLOWEEN (Folio SF n° 525)

6 NOUVELLES (Folio+Collège n° 48)

Le petit tambour de Shiloh

Maintes fois, dans la nuit d'avril, des fleurs tombèrent des arbres du verger et se déposèrent avec un petit bruit léger sur la peau blanche du tambour. À minuit un noyau de pêche épargné par l'hiver et resté par miracle suspendu à sa branche fut décroché par l'aile d'un oiseau et, invisible, tomba rapidement ; tel un signal d'alarme, il fit sursauter l'enfant qui se leva d'un bond. En silence, il écouta refluer le tumulte de son cœur, de son crâne jusqu'au fond de sa poitrine.

Il tourna alors son tambour et le posa sur le flanc : chaque fois qu'il ouvrait les yeux, il voyait la grosse face lunaire qui l'observait avec curiosité.

Qu'il veillât, qu'il dormît, l'enfant gardait le même visage solennel ; et en effet c'était un moment solennel et une nuit solennelle pour un garçon qui venait d'avoir quatorze ans dans la prairie aux pêchers près de Owl Creek, à cent pas de l'église de Shiloh.

— ... Trente et un, trente-deux, trente-trois...

Comme il n'y voyait goutte, il cessa de compter.

Derrière les trente-trois ombres familières, quarante mille hommes, épuisés par l'angoisse de l'attente, empêchés de dormir par des rêves romantiques de batailles encore à venir, gisaient, revêtus de leurs uniformes, dans un désordre extravagant. Encore deux kilomètres plus loin, une autre armée s'égaillait dans la campagne, ralentissant sa marche, follement incertaine de ce qu'il lui faudrait faire quand l'heure serait venue : un cri de guerre, un saut dans l'inconnu, un plongeon aveugle pour seule stratégie ; sa sauvage jeunesse comme unique protection et ultime salut.

De temps en temps l'enfant entendait se lever un grand souffle de vent et l'air frémissait avec douceur. Mais le petit tambour savait ce que c'était ; c'était l'armée d'ici et l'armée de là-bas, chacune chuchotant dans la pénombre. Des hommes se parlaient entre eux, d'autres se parlaient à eux-mêmes, et tous si tranquilles qu'on eût dit un élément naturel que la terre en marchant vers l'aube aurait fait surgir du sud ou du nord.

Ce que les hommes murmuraient, l'enfant pouvait seulement le deviner : Moi, je suis le seul, je suis le seul qui ne vais pas mourir. Je survivrai. Je rentrerai chez moi. La fanfare jouera, et je serai là pour l'entendre.

Oui, pensait le garçon, pour eux tout cela est bel et bon, donner ou recevoir revient au même !

Car, auprès des jeunes hommes aux corps affalés, rassemblés par la nuit comme des gerbes autour des feux de camp, il y avait les membres d'acier de leurs armes, jetées comme eux pêle-mêle sur la terre, les baïonnettes au canon des fusils, qui ressemblaient aux foudres éternelles perdus sur l'herbe du verger.

Moi, se disait l'enfant, je n'ai qu'un tambour, deux baguettes, et pas de bouclier.

Cette nuit-là, il n'y avait pas un jeune soldat qui ne forgeât, ne rivât, ne sculptât de sa foi le bouclier qu'il allait emporter à son premier assaut. Il entrait dans cette composition un sentiment ancien, pourtant passionné et intact, de dévotion familiale, un patriotisme d'imagerie, une certitude d'immortalité presque insolente, raffermis par la pierre de touche de ces réalités très positives, la poudre, le refouloir, la grenaille et la pierre à fusil. Privé de ces derniers, le petit tambour avait l'impression que sa famille était en train de disparaître, de s'enfoncer très loin dans la nuit, comme emportée à tout jamais par l'un de ces grands trains qui sillonnent les prairies, sommée de ne plus revenir, le laissant seul avec son tambour plus dangereux qu'un jouet dans la partie qui allait se jouer le lendemain, ou un autre jour bien trop proche.

Le petit tambour se coucha sur le côté. Un papillon de nuit vola contre son visage ; non, c'était une fleur de pêcher. Une fleur de pêcher se posa sur sa joue ; c'était un papillon. Rien ne restait en place. Rien n'avait de nom. Rien n'était plus comme avant.

S'il restait étendu parfaitement immobile, peut-être, quand viendrait l'aube, retrouvant leur bravoure au fond de leurs képis, les soldats repartiraient-ils, emportant avec eux la guerre, sans remarquer leur petit tambour, pelotonné, pas plus gros qu'un jouet.

— Bon Dieu de Bon Dieu, dit une voix.

L'enfant ferma les yeux, comme pour se cacher au fond de lui-même, mais il était trop tard. L'ombre d'un homme qui rôdait dans la nuit venait de se dresser au-dessus de lui.

— Ma parole, dit la voix calme, voilà un soldat qui pleure *avant* la bataille. Eh bien, laisse-toi aller, il ne sera plus temps de pleurer quand tout sera commencé.

La voix allait poursuivre son chemin quand l'enfant apeuré heurta le tambour de son coude. Au bruit qu'il fit, l'homme au-dessus de lui s'arrêta. L'enfant devina son regard et sentit qu'il se penchait lentement sur lui. Il comprit aussi qu'une main était descendue des profondeurs de la nuit, car il entendit un léger roulement quand des ongles frôlèrent son instrument, tandis que l'haleine de l'homme lui soufflait au visage.

— Ma parole, c'est notre petit tambour ?

L'enfant hocha la tête, sans savoir si l'homme pouvait le voir.

— Monsieur, c'est *vous* ?

— On le dit, on le dit.

Les genoux de l'homme craquèrent quand il se pencha encore plus.

Il sentait ce que devraient sentir tous les pères : la sueur salée, le tabac au gingembre, le cheval et les bottes de cuir, et la terre sur laquelle il marchait. Il a tant d'yeux ! Non, pas des yeux, mais des boutons de cuivre qui observaient l'enfant.

Il ne pouvait être que le général, et c'était lui.

— Quel est ton nom, mon garçon ? demanda-t-il.

— Joby, chuchota l'enfant en essayant de s'asseoir.

— C'est bien, Joby, ne bouge pas.

Une main appuya doucement sur sa poitrine et l'enfant se détendit.

— Depuis combien de temps es-tu avec nous, Joby ?

— Trois semaines, monsieur.

— Évadé du toit paternel ou engagé dans les formes, mon garçon ?

Silence.

— Question stupide, reprit le général. Tu te sers d'un rasoir, mon garçon ? Encore plus stupide. Il n'y a qu'à regarder ces joues, fraîches, tout juste tombées de cet arbre. Les autres, ici, ne sont pas beaucoup plus vieux, tu sais. Des bleus, de damnés blancs-becs tous tant que vous êtes. Tu te sens prêt pour demain, ou après-demain, Joby ?

— Oui, je crois, monsieur.

— Tu as envie de pleurer encore un coup. Allons, vas-y. J'ai fait comme toi la nuit passée.

— *Vous*, monsieur ?

— Parole d'honneur. Je pensais à tout ce qui nous attend. Chaque camp se figure que l'adversaire se contentera d'abandonner, sans tarder, que la guerre sera terminée dans quelques semaines et qu'on s'en retournera chacun chez soi. Vois-tu, ce n'est pas ainsi que les choses vont se passer, et c'est peut-être pour ça que je pleurais.

— Oui, monsieur, dit Joby.

Il faut qu'à ce moment le général ait sorti un cigare, car l'obscurité fut envahie soudain par une odeur de tabac indien mâché ; avant de le fumer le général mâchait son cigare en pensant à ce qu'il allait dire.

— Il va y avoir des heures de folie, reprit le général. Le total des deux camps se monte à cent mille hommes, à la centaine près, et pas un sur ce nombre qui soit capable de déloger un moineau de sa branche et de distinguer l'ombre d'un cheval de celle d'un boulet de canon. Allons, debout, la poitrine nue, offre-toi pour cible, dis merci et rassieds-toi ! Voilà pour chacun de nous, voilà pour eux ! Nous devrions tourner les talons et nous entraîner quatre mois durant, et s'ils étaient sages, ils en feraient autant. Mais non ! Nous tenons à prendre notre accès de fièvre printanière pour l'ardeur du désir, à utiliser notre soufre pour nos canons au lieu de nous en servir pour la mélasse comme nous le devrions ; nous nous préparons à devenir des héros, à vivre éternellement. Je les vois tous, ils approuvent, ils hochent la tête, tous tant qu'ils sont. Mais c'est faux, petit, c'est une erreur, comme une tête mal posée sur les épaules, comme un homme qui traverserait la vie à reculons. Si un de leurs généraux galeux décide d'envoyer ses gars pique-niquer sur nos pelouses, il y aura un double massacre. Plus d'innocents seront abattus par pur enthousiasme cherokee qu'on ne l'a jamais fait jusqu'à ce jour. Il y a quelques heures à peine les eaux d'Owl Creek étaient peuplées de jeunes gens qui s'ébrouaient au soleil de midi. J'ai peur qu'elles ne soient à nouveau envahies de jeunes gens, flottant au crépuscule demain, sans se soucier de l'endroit où les mènera la marée.

Le général se tut et fit un petit tas de feuilles mortes et de brindilles dans l'obscurité ; on aurait pu s'attendre à tout instant à ce qu'il y mît le feu pour reconnaître sa route afin de mieux traverser les journées à venir, tandis que le soleil cacherait sa face devant ce qui se passerait ici, et là-bas, un peu plus loin.

L'enfant regardait la main remuer les feuilles. Il entrouvrit les lèvres pour parler, mais ne dit rien. Le général entendit le souffle de l'enfant et ce fut lui qui parla.

— Pourquoi je te raconte tout cela ?... C'est ce que tu voulais me demander, hein ? Eh bien, quand il y a quelque part des chevaux sauvages auxquels on a lâché la bride, il faut bien ramener l'ordre dans cette bande déchaînée. Tous ces garçons qui ont encore du lait sur le museau, ils ne savent pas ce que je sais, Joby, je ne peux pas le leur dire : les hommes meurent pour de bon à la guerre. Chacun d'eux est sa propre armée. Il faut que d'eux tous je fasse *une* armée unique. Et pour ça, petit, j'ai besoin de toi.

— De moi !

Les lèvres de l'enfant frémirent à peine.

— Vois-tu, petit, dit le général d'un ton calme, tu es le cœur de l'armée. Pense à ça. Tu es le cœur de l'armée, Joby. Maintenant, écoute-moi bien.

Alors Joby, toujours étendu, écouta.

Et le général poursuivit.

Si demain, lui, Joby, frappait sur son instrument avec mollesse, le cœur des hommes s'engourdirait aussi. Ils traîneraient sur le bord des routes. Ils s'assoupiraient dans les champs, appuyés à leurs fusils. Ils s'endormiraient là pour toujours, le cœur engourdi d'abord par le petit tambour, puis arrêté par les balles ennemies.

Mais s'il battait un rythme clair, solide, toujours plus animé, alors, alors leurs genoux les porteraient, comme une vague de l'océan, jusqu'au sommet de la colline. Avait-il jamais vu l'océan ? Les vagues roulant sur le sable des plages comme une charge de cavalerie à la belle ordonnance ? Oui. C'était cela qu'il voulait, c'était cela dont il avait besoin ! Joby était à la fois sa main droite et sa main gauche. Lui, il donnait les ordres, mais c'était Joby qui réglait la cadence !

Genou droit, pied droit, genou gauche, pied gauche. L'un après l'autre, bien alertes, bien en mesure ; que le sang monte dans les corps, que les visages se fassent fiers, les échines raides, les mâchoires énergiques. Le regard concentré, les dents serrées, que les narines palpitent, que les mains se raidissent. Qu'il revête leur corps d'une armure d'acier, lui, le petit tambour, puisque le sang qui flambe maintenant dans leurs veines leur fait croire qu'ils sont revêtus d'acier. Qu'il garde cette cadence, oui, cette cadence ! Un pas long et régulier, régulier et long ! Ainsi, même s'ils sont touchés par les balles, leurs blessures ouvertes dans le sang brûlant — dans ce sang qu'il attise —, ces blessures les feront moins souffrir. Si leur sang ne recevait cette chaleur nouvelle, cette guerre serait pire qu'un carnage, un cauchemar meurtrier et une souffrance qu'on n'oserait même pas évoquer.

Le général parla, puis se tut et laissa son souffle s'apaiser. Au bout d'un moment il ajouta :

— Voilà donc ta besogne. T'en acquitteras-tu dignement, mon garçon ? Sais-tu bien que c'est toi le général de l'armée quand le général reste en arrière ?

L'enfant acquiesça en silence.

— Tu les conduiras à ma place, jusqu'au bout, mon garçon ?

— Oui, monsieur.

— Bien. Et si Dieu le veut, dans bien des nuits, dans bien des années, quand tu seras aussi vieux que moi, ou bien plus vieux encore, et qu'on te demandera ce que tu faisais en ces années terribles, tu répondras — mi-modestie, mi-orgueil — : « J'étais tambour à la bataille de Owl Creek », ou de Tennessee River, ou peut-être lui donnera-t-on le nom de cette église là-bas. « J'étais le petit tambour de Shiloh. » Par Dieu, cela a un son et un rythme qui plairaient à M. Longfellow[1] : « J'étais le petit tambour de Shiloh. » Et tous ceux qui entendront ces mots te connaîtront, mon garçon, ils sauront ce que tu pensais pendant cette nuit, et ce que tu penseras demain, ou après-demain quand nous devrons nous lever et nous *mettre en route* !

Le général se redressa.

— Eh bien, donc, Dieu te bénisse, mon garçon. Bonne nuit.

— Bonne nuit, monsieur.

Tabac, boutons de cuivre, bottes cirées, sueur salée, et cuir, l'homme s'éloigna à travers l'herbe.

Pendant un moment, Joby resta étendu, les yeux écarquillés, essayant en vain de voir de quel côté l'homme était parti.

Il avala sa salive. Il se frotta les yeux. Il s'éclaircit la gorge et se ressaisit. Pour finir, très lentement, d'une main ferme il tourna le tambour de façon qu'il regardât vers le ciel.

Il s'allongea tout contre lui, et l'entoura de son bras, tout pénétré de sa résonance, de son contact, du tonnerre silencieux, pendant

1. Henry Wadsworth Longfellow (1807-1882), poète américain. *(Toutes les notes sont du traducteur.)*

que tout au long de cette nuit d'avril 1862, auprès du fleuve Tennessee, non loin de Owl Creek, à quelques pas de l'église de Shiloh, des fleurs de pêcher tombaient sur le tambour.

Et le marin,
de retour de la mer[1]

1. R. L. Stevenson, *Requiem.*

— Bonjour, capitaine.

— Bonjour, Hanks.

— Le café est prêt, capitaine. Vous pouvez vous asseoir.

— Merci, Hanks.

Le vieil homme s'assit devant la table de la cambuse, les mains sur les genoux. Il les regarda : à travers la buée qu'il exhalait de son faible souffle, elles ressemblaient à des truites mouchetées paressant sous les eaux gelées, à des truites comme il en avait vu jaillir des torrents de montagne, quand il avait dix ans. Il se sentait fasciné par leur tremblement, là, en dessous, car tandis qu'il les observait, elles semblaient devenir de plus en plus pâles.

— Capitaine, dit Hanks, vous allez bien ?

Le capitaine redressa la tête d'un mouvement brusque et son vieux regard ardent flamba.

— Bien sûr !... Mais qu'est-ce que vous voulez dire ?

Le cuisinier versa le café d'où s'élevèrent en vapeur brûlante des femmes surgies d'un passé si lointain qu'elles n'étaient plus que musc éteint, encens consumé. Tout d'un coup il éternua. Hanks lui tendit un mouchoir.

— Merci, Hanks !

Il se moucha, puis but le breuvage en tremblant.

— Hanks ?

— Oui, capitaine.

— Le baromètre descend.

Hanks se tourna pour regarder le mur.

— Non, capitaine. Beau temps doux, voilà ce qu'il dit, beau temps doux.

— La tempête se lève : il se passera un long moment et il faudra souquer ferme avant que le calme revienne.

— Je ne veux pas vous entendre parler comme ça, dit Hanks en tournant autour de lui.

— Il faut bien pourtant que je parle comme je sens. Le calme devait finir un jour. La tempête devait arriver. Je suis prêt depuis longtemps déjà.

Longtemps, oui. Combien d'années ? Le sable a rempli le sablier tant de fois qu'on ne les compte plus ! Les neiges aussi ont rempli le sablier, ajoutant et rajoutant la blancheur à la blancheur, ensevelissant les hivers plus profond que le souvenir.

Il se leva, en vacillant, se dirigea vers la porte de la cambuse, l'ouvrit et s'avança...

... sur la véranda d'une maison bâtie comme la proue d'un navire, au pont de planches goudronnées. Il baissa les yeux, non sur la mer, mais sur le sol d'un jardin grillé par le soleil de l'été. Il marcha jusqu'à la balustrade et contempla la longue houle des collines qui s'étendaient à perte de vue.

Mais qu'est-ce que je fais ici ? pensa-t-il, saisi d'une rage soudaine. Qu'est-ce que je fais dans ce misérable bateau-lavoir échoué, sans voile, au milieu des campagnes désertes, où le seul bruit que jamais l'on entend passe avec l'ombre de l'oiseau qui traverse le ciel, dans un sens à l'automne, dans l'autre sens quand revient le printemps.

Qu'est-ce que je fais ici ?

Il s'apaisa et, saisissant les jumelles qui pendaient, accrochées à la balustrade, il se mit à scruter l'horizon aussi vide que sa vie.

Kate Katherine Katie, où donc es-tu ?

La nuit, noyé dans les profondeurs de son lit, il oubliait ; mais, avec le jour, il retrouvait la mémoire. Il était seul. Seul depuis vingt ans. Il n'avait que Hanks, le premier visage à l'aube, le dernier au crépuscule.

Et Kate ?

Mille tempêtes avaient soufflé et mille fois le calme était revenu depuis *le* calme et *la* tempête qui s'étaient arrêtés pour jamais au-dessus de sa vie.

Il entendait sa propre voix au petit matin, tandis qu'il glissait le long du bassin du port.

— Regarde, Kate, le voilà ! Voilà le bateau qui nous emportera partout où nous aurons envie d'aller.

Et le couple incroyable prenait vie une nouvelle fois. Quel âge avait-elle, Kate ? Vingt-cinq ans tout au plus, miraculeusement ! Lui, il avait bien dépassé la quarantaine, mais quand elle lui donnait la main et qu'il la hissait sur la passerelle, il retrouvait l'âge d'un enfant.

Kate, hésitante, s'était tournée vers les collines alexandrines de San Francisco et, se parlant à elle-même — ou bien à personne —, elle avait dit à mi-voix :

— Jamais plus je ne toucherai terre !

— Notre traversée ne sera pas si longue !

— Oh si ! avait-elle répondu calmement. Ce sera un très long voyage !

Pendant un moment, il n'avait plus entendu

que le craquement immense du navire, le bruit du destin se retournant dans son sommeil.

— Allons ! Pourquoi ai-je dit cela ? avait-elle repris. C'est absurde !

Et, sans hésiter, elle était montée à bord.

Cette nuit-là, ils mirent les voiles vers les îles des mers du Sud. Un jeune marié, à la peau de tortue, et son épouse, souple comme la salamandre, dansaient sur le foyer brûlant du pont arrière au long des après-midi du mois d'août.

Puis, au milieu du voyage, un grand calme tomba sur le navire, on eût dit qu'une haleine chaude avait flétri les voiles, qui s'affaissèrent avec un soupir lugubre et paisible à la fois.

C'est peut-être ce soupir qui l'éveilla, ou bien Katie en se redressant pour écouter.

Pas la course d'un rat qui détale, pas un souffle dans la voile, pas même le bruit d'un pied nu sur le pont. Le navire paraissait enchanté. Il semblait que la lune, qui montait à l'horizon, eût jeté de sa voix d'argent ce mot unique : Paix.

Les hommes d'équipage, immobilisés dans leur geste par le pouvoir de l'incantation, ne se retournèrent pas lorsque leur capitaine s'approcha des bastingages avec sa jeune épouse et comprit que l'Instant était devenu Éternité.

Alors, comme si elle pouvait lire l'avenir dans le miroir d'argent qui ensorcelait le navire, elle dit avec ferveur :

— Il n'a jamais existé de nuit plus belle, ni deux êtres plus heureux sur un meilleur bateau. Oh, je voudrais que nous puissions rester ici pendant mille ans. Tout est si parfait : nous avons notre monde, nous y faisons nos lois, selon lesquelles nous vivons. Promets-moi que tu ne me laisseras jamais mourir.

— Jamais, répondit-il. Faut-il que je te dise pourquoi ?

— Oui. Et fais-le-moi bien croire.

Alors, il se souvint d'une histoire qu'il avait entendue une fois et la lui raconta : l'histoire d'une femme si merveilleuse que les dieux devinrent jaloux du Temps ; ils la déposèrent dans un bateau, sur la mer, et lui défendirent de toucher jamais aucun rivage, car la Terre pesante la chargerait de son fardeau, l'userait en rencontres vaines, en poursuites insensées, en folles alarmes, et qu'elle en mourrait. Si elle demeurait sur la mer, elle vivrait éternellement, parée de toute sa beauté. Elle vogua donc pendant de longues années, s'approchant à chaque voyage de l'île où son amant vieillissait. Souvent, elle l'appelait en passant, et réclamait qu'il la priât de descendre à terre, mais il refusait, craignant de causer sa perte. Alors, un jour, elle aborda de son propre chef dans l'île de son amant et courut jusqu'à lui. Ils passèrent ensemble une nuit de beauté et de merveilles, mais, lorsque le soleil se leva, son amant découvrit à ses côtés une pauvre vieille, racornie comme une feuille morte.

— M'a-t-on raconté cette histoire ? demanda-t-il, ou bien est-ce une histoire que l'on racontera un jour ? En faisons-nous partie ? Est-ce pour cela que je t'ai emportée sur la mer, pour que le bruit, l'agitation et ces millions d'êtres et de choses dont la terre est couverte ne puissent te flétrir ?

Mais maintenant, Kate se moquait de lui. Elle renversa la tête en arrière et laissa son rire jaillir librement de sa gorge, si bien que chaque homme d'équipage la regarda et sourit.

— Tom, Tom, te souviens-tu de ce que j'ai dit avant que nous embarquions ? Que je ne toucherai jamais plus la terre ? J'avais peut-être deviné la raison pour laquelle tu as décidé notre fuite. Eh bien, c'est promis. Où que nous allions dans le vaste monde, je resterai à bord. Alors je ne changerai jamais, et toi non plus, dis ?

— J'aurai toujours quarante-huit ans !

Il rit, lui aussi, heureux de s'être arraché aux ténèbres. Il posa les mains sur ses épaules et embrassa sa gorge qui semblait, au cœur de l'été, se pencher vers l'hiver. Cette nuit-là, dans le calme brûlant qui devait durer à jamais, elle tomba comme une averse de neige dans le lit de son époux...

Le vieillard contemplait ses mains lointaines.

— Hanks, vous souvenez-vous de ce calme plat en août 97 ? Combien de temps cela a-t-il duré ?

— Neuf, dix jours, capitaine !

— Non, Hanks. Je peux vous jurer que nous avons vécu *neuf* longues années pendant ces jours de calme.

Neuf jours, neuf ans. Au milieu de ces jours et de ces années, il se disait : Oh ! Kate, je suis heureux de t'avoir emmenée, je suis heureux de n'avoir pas laissé les autres raconter en se moquant de moi que j'avais cherché à rajeunir en posant les mains sur toi. On rencontre l'amour partout, disaient-ils ; il attend dans les ports, sous les arbres, comme des noix de coco qu'on caresse, cajole et qu'on boit. Mais, mon Dieu, ils avaient tort. Pauvres cœurs d'ivrognes ! Laissez-les lutter avec les singes de Bornéo ! Laissez-leur les melons de Sumatra ! Que pourraient-ils attendre de leurs guenons dansantes et de leurs chambres sans lumière ! Sur le chemin du retour ils dorment tout seuls, ces capitaines. Seuls ! Quelle mauvaise compagnie pendant dix mille milles ! Allons, Kate ! Tout cela ne compte pas puisque nous sommes tous les deux !

Et le grand calme profond et vivant continuait de trôner au cœur du royaume de l'Océan ; au-delà il n'y avait plus rien ; l'escadre des continents avait été torpillée et coulée par le Temps.

Cependant le neuvième jour, les hommes, de leur propre initiative, descendirent les canots et y prirent place, attendant les ordres ; il n'y avait rien d'autre à faire que de ramer, faute de vent. Le capitaine rejoignit son équipage.

Vers la fin du dixième jour, une île monta lentement au-dessus de l'horizon.

Le capitaine appela son épouse :

— Kate, nous descendons à terre pour chercher des vivres. Veux-tu venir avec nous ?

Elle contempla l'île, comme si elle l'avait déjà rencontrée sur sa route, longtemps avant de naître, puis hocha lentement la tête en signe de refus.

— Vas-y ! Moi, je ne descendrai pas jusqu'au jour de notre retour.

En la regardant, il comprit qu'elle était en train de vivre inconsciemment la légende qu'il lui avait contée avec insouciance. Comme la femme dorée du mythe, elle pressentait que l'îlot solitaire de corail et de sable brûlant abritait un mal secret qui pourrait la diminuer ou même la détruire.

— Dieu te garde, Kate ! Je n'en aurai que pour trois heures !

Et il s'éloigna vers l'île avec ses hommes, à force de rames.

Il était déjà tard quand ils regagnèrent le navire avec cinq tonnelets d'eau fraîche et douce, et les canots sentaient bon les fleurs et les fruits tièdes.

Et Kate qui n'avait pas voulu descendre sur le rivage, Kate qui avait refusé de toucher terre, attendait son époux.

La première, elle but l'eau fraîche et limpide.

Ce soir-là, comme elle brossait sa chevelure, elle dit, les yeux tournés vers les flots immobiles :

— C'est presque fini. À l'aube tout changera. Oh ! Tom ! Tiens-moi bien. Après avoir fait si chaud il va faire si froid !

Il s'éveilla dans la nuit. Kate haletait et murmurait dans l'obscurité. Sa main brûlante tomba sur celle de son époux. Dans son sommeil, elle cria. Il tâtait son poignet quand il entendit la tempête qui se levait.

Comme il s'asseyait auprès d'elle, le navire fut lentement soulevé le long d'une hampe d'eau et l'enchantement se rompit.

La voile flasque frémit dans le ciel. Chacun des cordages vibra. On aurait dit une main gigantesque qui avait glissé sur le vaisseau comme sur une harpe jusqu'alors silencieuse, et en tirait une toute nouvelle mélodie de voyage.

Le calme disparu, une tempête se levait.

Puis une autre vint.

Des deux, l'une tomba brusquement : la fièvre qui faisait rage en Kate et la consumait en cendre blanche. Un grand silence s'empara de son corps et n'en bougea plus.

On fit chercher celui qui raccommodait les voiles pour qu'il l'habillât de sa robe de mer. Dans la lumière sous-marine de la cabine, le va-et-vient de son aiguille ressemblait aux évolutions d'un poisson tropical, fin, aigu, infiniment patient, piquant le linceul à petits coups de dents, enveloppant la place ténébreuse, enfermant le silence dans son enveloppe scellée.

Dans les dernières heures de la grande tempête qui, là-haut, faisait rage, on porta sur le pont la blancheur immobile, et on la laissa glisser à la mer ; l'eau ne fut déchirée qu'un instant. Kate et la vie s'en étaient allées sans laisser de trace.

— Kate ! Kate ! Oh ! Kate !

Il ne pouvait la perdre ainsi, abandonnée dans le flux et le reflux des marées entre la Porte d'Or et la mer du Japon ! Cette nuit-là, en pleurant, il se déchaîna contre la tempête. Agrippé à la barre, il fit tourner et tourner son navire autour de la blessure si vite refermée. Alors il connut un calme qui devait durer le reste de ses jours. Jamais plus il n'éleva la voix contre un de ses hommes, jamais plus il ne serra les poings. La voix blanche, le poing ouvert, il éloigna enfin son navire des eaux sans cicatrice ; il fit le tour de la terre, amena sa cargaison à bon port, puis dit adieu à la mer, à tout jamais. Laissant son bateau heurter en cadence le manteau vert du bassin, il parcourut à pied et en voiture mille huit cents kilomètres à l'intérieur du pays. En aveugle, il acheta de la terre. En aveugle, il fit construire, avec Hanks, et pendant longtemps il ne sut même pas ce qu'il avait acheté, ni construit. Il savait seulement qu'il avait toujours été trop vieux. Il savait qu'il avait été jeune pendant une heure brève, auprès de Kate, que maintenant il était vraiment très vieux et qu'il ne connaîtrait jamais plus une telle heure.

Ainsi, au cœur d'un continent, à mille milles des rivages de la mer, vers l'est, à mille milles de la mer détestée de l'Ouest, il maudissait la vie et les flots qu'il avait connus, ne se souvenant plus de ce qui lui avait été donné mais seulement de ce qui lui avait été si tôt repris.

Alors il sortit et parcourut ses terres. Il sema le grain. Il se prépara pour sa première moisson. Il se donna le nom de fermier.

Mais une nuit du premier été qu'il vivait loin de la mer, aussi loin qu'il est possible de l'être, il fut tiré de son sommeil par une rumeur incroyable et pourtant familière. Il se mit à trembler sous ses couvertures et murmura : Non ! Non ! Cela ne se peut pas. Je deviens fou ! Mais... *écoute* !

Il ouvrit la porte de sa ferme pour regarder la campagne, il s'avança sur la véranda, fasciné par cette chose qu'il avait créée sans le savoir. Il s'accrocha au rebord de la balustrade, cillant les paupières de ses yeux embués.

Là, dans le clair de lune, il voyait monter

lentement, l'une après l'autre, les collines couvertes d'épis de blé, que les vents marins gonflaient comme des vagues. Vaste comme le Pacifique, un océan de céréales miroitait à perte de vue, dans la pénombre de la nuit, avec sa maison, son navire retrouvé, inerte au centre des flots tranquilles.

Il resta dehors pendant la moitié de la nuit, tantôt immobile, tantôt marchant à grandes enjambées, bouleversé de sa découverte, perdu dans les profondeurs de cette mer intérieure. Et depuis lors, année après année, la maison se chargea d'engins, de palans, de cordages, qui lui donnèrent les proportions, l'élan des navires qu'il avait guidés autrefois dans des eaux plus profondes et des vents plus redoutables.

— Hanks, il y a combien de temps que nous avons vu la mer pour la dernière fois ?

— Vingt ans, capitaine.

— Non... C'était hier matin.

Il rentra. Son cœur lui martelait la poitrine. Il vit le baromètre accroché à la cloison se voiler d'un nuage. La glace ronde scintilla d'un pâle éclair qui vint jouer sur le bord des paupières du vieux capitaine.

— Pas de café, Hanks... Rien qu'un bol d'eau fraîche.

Hanks sortit et revint aussitôt.

— Hanks ! Promettez-moi... Vous m'enterrerez là où elle est !

— Mais, capitaine, elle est...

Hanks se tut. Il hocha la tête.

— Là où elle est, oui, capitaine.

— C'est bien. Maintenant, donne-moi à boire.

L'eau était fraîche. Elle venait des îles qui sont de l'autre côté de la terre. Elle avait goût de sommeil.

— Un bol. Elle avait raison, Hanks, vous savez. Ne plus toucher la terre. Jamais plus. Elle avait raison. Mais je lui ai apporté un bol de l'eau de la terre et la terre était dans l'eau qui a touché ses lèvres. Rien qu'un bol. Oh ! si *seulement*...

Entre ses doigts rouillés il remua le bol qu'envahit un typhon venu de nulle part. Dans l'espace minuscule tournoya la grande tempête.

Il éleva le bol et but le typhon.

Quelqu'un cria :

— Hanks !

Mais ce n'était pas lui. Le typhon s'en était allé, et avec lui le vieux capitaine.

Le bol vide tomba sur le plancher.

C'était un matin radieux. L'air était doux ; il soufflait une brise tranquille. Hanks avait passé la moitié de la nuit à creuser, la moitié de la matinée à refermer la terre. À présent la besogne était achevée. Le pasteur du village l'aida puis resta debout derrière Hanks tandis qu'il disposait avec soin la dernière couche de terre. L'une après l'autre, il tassait méticuleusement les mottes, comblait les interstices et, sur chaque motte, il prenait bien soin que se dressât la tige des blés dorés, aussi haute qu'un enfant de dix ans, couronnée de riches épis de grain mûr.

Hanks se courba une fois encore et déposa la dernière poignée de terre.

— Pas d'inscription ? demanda le pasteur.

— Oh non, monsieur. Et il n'y en aura jamais.

Le pasteur allait protester mais Hanks le prit par le bras, l'entraîna sur le flanc du coteau, et là, se retournant, il désigna du doigt le vaste paysage.

Ils restèrent immobiles un long moment. Enfin, le pasteur hocha la tête, sourit paisiblement et dit :

— Je vois. Je comprends.

Car il n'y avait là que l'océan illimité des blés, dont les longues houles, chassées par le vent, roulaient vers l'est jusqu'à l'horizon et, au-delà, vers l'est encore — et pas une ligne, pas une fissure, pas une ride n'indiquait l'endroit où avait sombré le vieux capitaine.

— C'était des funérailles de marin, dit le pasteur.

— Oui, répondit Hanks. En effet. Comme je l'avais promis.

Ensuite ils se retournèrent et s'éloignèrent, le long du rivage vallonné, et ils ne dirent plus rien d'autre jusqu'à ce qu'ils fussent revenus dans la maison qui craquait comme un château de poupe.

La femme illustrée

Lorsqu'un malade s'aventure pour la première fois dans le cabinet d'un psychiatre et s'allonge, paré à débiter comme un télégraphe poussif quelques échantillons de ses associations d'idées, l'homme de l'art qui se tient tout près de lui, un peu en arrière, un peu au-dessus, ne manque pas d'observer avec exactitude par quelles régions de son anatomie son patient prend appui sur le canapé.

Autrement dit : quels sont ses points de contact avec la réalité ?

Certains patients semblent flotter, un centimètre au-dessus de toute espèce de surface ; jamais ils n'ont touché la terre ; ils ont le mal de l'altitude.

D'autres, au contraire, lestés de tout leur poids, s'accrochent si âprement à la réalité que longtemps après qu'ils sont partis, le canapé garde l'empreinte de leurs corps de fauves et les marques de leurs griffes.

Dans le cas d'Emma Fleet, le docteur George C. George mit longtemps à décider ce qui était meuble et ce qui était femme et où ceci touchait cela.

En effet, disons-le tout de suite, Emma Fleet ressemblait à un canapé.

— Mme Emma Fleet, docteur, annonça la secrétaire.

Le docteur George C. George faillit s'étrangler.

Car c'était une expérience traumatisante que de voir cette femme s'engager dans l'étroit chenal de la porte sans l'aide d'un remorqueur ou d'une équipe comme celle qui s'agite sous les ballons de Pâques des magasins Macy, lançant des câbles et guidant les engins vers quelque éternel hangar.

Emma Fleet entra pourtant, alerte comme son nom[1], creusant le plancher sous son poids comme le plateau d'une énorme balance.

Le docteur George lâcha un soupir : il était en train de l'estimer à deux cents kilos sur pied. Emma Fleet sourit, comme si elle lisait dans sa pensée.

1. Fleet : littéralement, véloce.

— Deux cent un kilos deux cent cinquante, très exactement, annonça-t-elle.

Il se surprit à fixer son mobilier avec effroi.

— Oh ! ça résistera, allez ! dit l'intuitive Mme Fleet.

Et elle s'assit.

Le canapé jappa comme un roquet.

Le docteur George s'éclaircit la voix.

— Avant que vous ne vous installiez, je crois de mon devoir de vous avertir immédiatement et en toute franchise que la correction des anomalies de l'appétit est loin de figurer en bonne place au palmarès de la psychiatrie. Les problèmes du régime et du poids ont toujours résisté, jusqu'à présent, à notre perspicacité. Mon aveu vous surprend peut-être, et cependant c'est seulement la reconnaissance de nos échecs qui peut nous éviter de nous leurrer nous-mêmes et de recevoir frauduleusement l'argent de nos malades. Ainsi donc si vous êtes venue chercher de l'aide pour modifier votre silhouette, je me vois dans l'obligation d'avouer mon incompétence.

— Je rends hommage à cette honnêteté, docteur, dit Emma Fleet. Mais je ne cherche pas à perdre du poids. Je préférerais au contraire que vous m'aidiez à *gagner* encore cinquante ou cent kilos.

— Oh, non ! s'exclama le docteur George.

— Oh, si ! Mais mon cœur ne permettrait pas ce que ma brave petite âme accepterait avec joie. Mon cœur physique pourrait ne pas être à la hauteur de ce que mon cœur aimant et ma volonté attendraient de lui.

Elle soupira. Le canapé aussi.

— Bien, laissez-moi vous exposer mon cas. Je suis mariée à Willy Fleet. Nous travaillons tous les deux pour les tournées Dillbeck-Horsemann. On me connaît sous le nom de Dame Toute Bonne. Et Willy...

Elle se leva, pâmée, du canapé et se glissant d'un pas languide ou plutôt escortant son ombre impondérable sur le parquet ciré du cabinet, elle se dirigea vers la porte de l'antichambre et l'ouvrit.

Dans la salle d'attente, apparut un tout petit homme, avec de tout petits yeux bleus brillant sur une toute petite tête. Raide comme un piquet, il se tenait assis, fixant le mur, sa canne dans une main, son panama dans l'autre. On ne lui aurait pas donné plus de quatre-vingt-dix centimètres de haut et c'est tout juste s'il devait peser ses trente kilos par temps de pluie. Mais sur ce petit visage rocailleux, brûlait une lueur de génie, fière, farouche, presque violente.

— Voilà Willy Fleet, le présenta Emma, d'une voix amoureuse, puis elle referma la porte.

Le canapé la retrouva et geignit encore.

Emma rayonnait. Elle se tourna vers le psychiatre qui, sous l'effet de la commotion, gardait les yeux fixés sur la porte de l'antichambre.

Il s'entendit lui dire :

— Pas d'enfant, naturellement ?

Un sourire s'attarda sur ses lèvres.

— Pas d'enfant. Mais là ne réside pas mon problème. D'une certaine manière, Willy est mon enfant et moi je ne suis pas seulement sa femme, je suis un peu sa mère. Nos... proportions doivent y être pour quelque chose. Quoi qu'il en soit, nous sommes très satisfaits de la façon dont nous faisons équilibre.

— Mon Dieu, si votre problème n'est pas une question d'enfant, de taille — la vôtre ou la sienne —, ou de contrôle de votre poids, qu'est-ce donc... ?

Emma Fleet eut un rire ailé, tout empreint de tolérance. C'était le rire charmant d'une petite fille prise au piège de cette vaste gorge et de ce corps énorme.

— Patience, docteur, ne devrions-nous pas remonter jusqu'au jour où Willy et moi nous sommes rencontrés pour la première fois ?

Le docteur haussa les épaules, rit lui aussi — silencieusement — et hocha la tête, quelque peu rassuré.

— Mais oui. Il le faut.

— Au lycée, commença Emma Fleet, je pesais quatre-vingt-dix kilos et lorsque j'atteignis l'âge de vingt et un ans, je faisais déjà mes cent vingt-cinq kilos, bon poids. Inutile de vous dire qu'à la belle saison je n'étais pas de tous les pique-niques ; la plupart du temps on me laissait en cale sèche. Pourtant, beaucoup de mes amies aimaient être vues avec moi. Elles pesaient pour la plupart dans les soixante-quinze kilos et, près de moi, se sentaient sveltes et graciles. Mais il y a longtemps de cela. J'ai cessé de me faire du souci sur ce chapitre : Willy a tout changé.

— On dirait que Willy est un homme remarquable ! se surprit à dire le docteur George — cette appréciation était contraire à toutes les règles de l'art.

— Vous l'avez dit, docteur. Willy *est* un homme remarquable, une mine inexploitée, un talent qui ne s'est pas encore révélé au monde mais qui couve secrètement sous la cendre.

L'enthousiasme commençait à échauffer Emma.

— Qu'il soit béni ! Il a jailli dans ma vie

comme un éclair dans une nuit d'été ! Il y a huit ans, pour la fête du Travail, j'allai regarder la foire avec une bande d'amies. Elles ne tardèrent pas à disparaître, l'une après l'autre ; il y avait là des garçons très entreprenants qui harponnaient les filles et les entraînaient dans la nuit. Vers la fin de la soirée, je me retrouvai seule avec trois poupées, un sac à main en faux alligator et rien d'autre pour me distraire que de faire perdre contenance à l'Homme qui devine votre poids, en le dévisageant chaque fois que je passais devant lui, comme si je m'apprêtais à sortir ma pièce et à le mettre au défi de deviner mon poids à moi.

« Mais l'Homme-Balance ne se troublait pas. La troisième fois que je passai devant lui je m'aperçus qu'il m'observait fixement. Avec respect — mais oui — avec admiration ! Et qui donc était l'homme ? Qui, sinon Willy Fleet ? À mon quatrième passage il m'appela, et me dit que j'emporterais un joli lot gratis si seulement je le laissais deviner mon poids. Il était tout fiévreux, tout excité. Il esquissait des pas de danse. Jamais de ma vie je ne m'étais trouvée aussi prise de court. Je rougis, mais je me sentais bien et je m'assis sur le fauteuil de la balance. J'entendis l'aiguille de la machine fendre l'air en sifflant et Willy sifflait d'aise lui aussi : il était aux anges.

« "Cent quarante-cinq kilos, s'écria-t-il. Oh ! Vrai, vrai, que vous êtes mignonne !

« — Je suis *quoi* ?

« — Vous êtes la femme la plus mignonne qui soit", répondit Willy en me regardant droit dans les yeux.

« Je rougis de nouveau. Puis je ris. Nous nous mîmes tous deux à rire. Ensuite j'ai dû pleurer, j'imagine, car j'étais assise là, comme ça, et je sentis qu'il me touchait le coude d'un geste compatissant. Il observait attentivement mon visage, un peu inquiet.

« "Je n'ai rien dit de mal ? demanda-t-il.

« — Non." Je sanglotai un peu, puis je me calmai. "Oh ! Non, vous n'avez rien dit que de bien, de très bien. C'est la première fois que quelqu'un...

« — Que ? demanda-t-il.

« — Que quelqu'un s'accommode de ma graisse.

« — Mais, ce n'est pas de la graisse. Vous êtes carrée, vous êtes forte, vous êtes merveilleuse. Michel-Ange vous aurait aimée. Titien vous aurait aimée. Et Léonard de Vinci. On s'y connaissait à l'époque. Le volume.

Tout est dans le volume. Je suis bien placé pour le savoir. Tenez. Regardez-moi. J'ai fait des tournées avec les nains de Singer pendant six saisons ; on m'appelait Jack le dé à coudre. Mais vous. Oh ! Dieu du ciel ! Vous, adorable demoiselle, vous sortez tout droit des heures les plus somptueuses de la Renaissance et Bernin, qui a construit les colonnades qui s'épanouissent autour de la façade de Saint-Pierre et autour de l'autel, aurait damné son âme immortelle rien que pour connaître quelqu'un comme vous.

« — Arrêtez ! m'écriai-je. Je ne suis pas préparée à tant de bonheur. J'aurai si mal lorsque vous vous tairez.

« — Alors je ne me tairai pas, mademoiselle ?...

« — Emma Gertz.

« — Emma, demanda-t-il, êtes-vous mariée ?

« — Vous plaisantez ?

« — Emma, aimez-vous les voyages ?

« — Je n'ai jamais voyagé.

« — Emma, la foire est en ville pour une semaine encore. Revenez tous les soirs, revenez tous les jours, pourquoi pas. Discutez avec moi, apprenez à me connaître ; et qui peut jurer qu'à la fin de la semaine vous ne vous mettrez pas en route à mes côtés ?

« — Que voulez-vous insinuer ?” dis-je, je ne me sentais pas vraiment en colère, ni même irritée. J’étais fascinée et fort intriguée qu’il se trouvât quelqu’un pour faire des propositions de ce genre à la fille de Moby Dick.

« “Je parle de mariage !” Willy Fleet me regardait, respirant avec peine. J’eus l’étrange impression qu’il portait un accoutrement d’alpiniste, avec chapeau tyrolien, chaussures à crampons, piolets, et un rouleau de corde passé en bandoulière sur son épaule de bébé. Si je lui avais demandé : “Pourquoi me dites-vous ça ?”, il m’aurait sans doute répondu : “Parce que vous êtes là.”

« Mais je ne demandai rien, et il n’eut rien à répondre. Nous sommes restés debout dans la nuit, l’un devant l’autre, au beau milieu de la foire, jusqu’à ce que je m’échappe en titubant dans l’allée centrale. Je criai : “Je suis saoule ! Oh ! Ce que je suis saoule ! Et pourtant je n’ai rien bu.”

« Derrière moi j’entendais la voix de Willy Fleet qui me poursuivait :

« “Maintenant que je vous ai trouvée, jamais vous ne m’échapperez ! Souvenez-vous de ça !”

« Abasourdie, prise de vertige, éblouie par ces grands mots d’homme chantés par une voix fluette de soprano, je m'éloignai de la foire sans trop savoir où j'étais et mis enfin le cap sur la maison.

« La semaine suivante, nous étions mariés.

Emma Fleet fit une pause et regarda ses mains.

— Cela vous ennuierait-il que je vous parle de notre lune de miel ? demanda-t-elle pudiquement.

— Non, dit le docteur, puis, baissant le ton, car il répondait avec beaucoup trop d'empressement à son récit : Je vous en prie, *continuez*.

— La lune de miel.

Emma se mit sur le registre *vox humana*. Sa réplique, modulée par toutes les cavités de son corps, fit vibrer le canapé, la pièce entière, le docteur George et tout son squelette.

— Notre lune de miel... fut peu ordinaire.

Les sourcils du docteur s'élevèrent imperceptiblement. Son regard passa de la femme à la porte de la salle d'attente, derrière laquelle se tenait assise l'image réduite d'Edmund Hillary, l'homme de l'Everest.

— Vous n'avez jamais rien vu de pareil à l'empressement de Willy lorsqu'il m'entraîna dans une ravissante maison de poupée, vraiment, mais pourvue d'une grande chambre aux dimensions ordinaires, destinée à devenir ma chambre, ou plutôt notre chambre. Une fois là, toujours très poliment, toujours aimable, tranquille, prévenant, jusqu'au bout parfait gentleman, il demanda mon corsage, que je lui donnai, ma jupe, que je lui donnai. À mesure qu'il dévidait sa liste, je lui tendis les vêtements qu'il nommait, jusqu'à ce qu'enfin... Peut-on rougir de la tête aux pieds ? On le peut, on l'a fait. Je me tenais là, comme une flambée dans l'âtre ranimée avec des vagues successives de rougeur qui m'enveloppaient toute et changeaient constamment, surgissant et resurgissant du haut en bas, du bas en haut de mon corps, teintées de rose, de fuchsia, de rose puis de fuchsia encore...

« "Mon Dieu ! s'écria Willy. Tu es le plus adorable camélia géant qui se soit jamais épanoui." Là-dessus, de nouvelles vagues de rougeur se pressaient à l'intérieur de mon corps, en avalanches secrètes, ne se révélant que pour colorer mon épiderme, son enveloppe la plus extérieure, mais aussi la plus précieuse du point de vue de Willy.

« Devinez maintenant ce que fit Willy ?

— Je n'oserais, dit le docteur, un peu démonté.

— Il se mit à tourner tout autour de moi...

— Il vous a *encerclée* ?

— ... à tourner tout autour de moi comme un sculpteur qui contemplerait un énorme bloc de granit blanc comme neige. C'est lui-même qui le disait. De ce granit ou de ce marbre dont il saurait tirer des formes de beauté encore insoupçonnées ! Il tournait et tournait tout autour de moi, en soupirant, hochant gaiement la tête devant le gage de son bonheur, ses petits yeux vifs, ses petites mains serrées l'une dans l'autre. Par où commencer, semblait-il se dire, par où, par où commencer ! ?

« Il ouvrit enfin la bouche. “Emma, demanda-t-il, pour quelle raison crois-tu que j'ai fait l'homme-balance dans les foires des années durant ? Pourquoi ? Parce que toute ma vie j'ai cherché quelque chose de ce qu'en toi je découvre enfin. Été après été, nuit après nuit, mes yeux attentifs ont regardé la balance sauter et s'agiter. Et voici que m'est offerte la possibilité, la manière d'exprimer mon génie, la muraille, la toile vierge qui va recevoir mon empreinte !”

« Il s'arrêta de marcher et me regarda, les yeux brillants de vénération.

« “Emma, reprit-il avec douceur, me permets-tu de faire de ta personne absolument n'importe quoi et sans nulle réserve ?

« — Oh ! Willy, Willy, m'écriai-je, n'importe quoi !"

Emma Fleet marqua une pause.

Le docteur s'aperçut qu'il était assis sur l'extrême bord de son fauteuil.

— Bien, bien, et *alors* ?

— Alors, répondit Emma, il sortit toutes ses boîtes, ses flacons d'encre, ses gabarits, ses brillantes aiguilles d'argent à tatouer.

— Des aiguilles à tatouer ?

Le docteur retomba au creux de son fauteuil.

— Il vous a... tatouée ?

— Il m'a tatouée.

— Willy était artiste en tatouage ?

— Willy était, il est un artiste et c'est presque par hasard que l'art emprunte chez lui la forme du tatouage.

— Et vous, dit lentement le docteur, vous étiez la toile qu'il recherchait infatigablement depuis qu'il avait atteint l'âge d'adulte ?

— J'étais la toile qu'il recherchait depuis *toujours*, docteur.

Elle se tut un instant, laissant à ses révélations le temps de pénétrer l'esprit du docteur et de s'enfoncer vers les couches profondes de son cerveau puis, voyant qu'elles avaient touché le fond et soulevé de gros nuages de vase, elle reprit avec sérénité :

— Ce fut pour nous le commencement d'une existence grandiose ! J'aimais Willy, Willy m'aimait, et tous deux nous aimions cette œuvre que nous accomplissions ensemble et qui nous dépassait — car il s'agissait bien de créer le plus grand chef-d'œuvre pictural que le monde eût jamais contemplé. “Rien moins que la perfection !” s'écriait Willy. “Rien moins que la perfection !” m'écriais-je moi-même, en écho.

« Oh ! L'époque heureuse que ce fut là ! Les dix mille heures si douillettes et si affairées que nous avons vécues côte à côte. Vous ne sauriez imaginer combien j'étais fière de me sentir la vaste plage où, dans une marée de couleurs, fluait et refluait le génie de Willy Fleet.

« Nous passâmes toute une année rien que sur mon bras droit et mon bras gauche ; un semestre sur ma jambe droite, huit mois sur l'autre. Et tout cela n'était qu'une ébauche annonçant l'explosion de détails foisonnante et superbe qui surgit telle une poussée éruptive depuis mes clavicules jusqu'à mes omoplates, qui jaillit de mes hanches comme les eaux de deux fontaines se rejoignant sur mon torse pour se mêler en un somptueux feu d'artifice à des nus de Titien, à des paysages de

Giorgione et à des réseaux d'éclairs dignes du Greco, cependant que de haut en bas, de bas en haut, mon épine dorsale fourmillait de flammes électriques.

« Doux Jésus ! Il n'a jamais existé, il n'existera jamais pareil amour, un amour où deux êtres se vouent avec autant de sincérité à une œuvre unique et pourvoient le monde d'aussi généreuses portions de beauté. Jour après jour, nous nous élancions l'un vers l'autre avec enthousiasme. Je mangeais de plus en plus, me développais avec les années. Et Willy approuvait, Willy applaudissait. Autant de surface supplémentaire, autant d'espace offert à la floraison de son rêve intérieur. Nous ne supportions pas d'être séparés l'un de l'autre et nous sentions, nous savions qu'une fois le Chef-d'œuvre entièrement exécuté, nous pourrions planter là cirques, foires et tréteaux. Dans une vision grandiose, certes, nous évoquions le jour où, signée enfin par le maître, je me promènerais de l'Institut d'Art à Chicago à la collection Kress à Washington, puis la Tate Gallery à Londres, le Louvre, les Offices, le musée du Vatican ! Nous voyagerions au soleil pour le reste de notre vie !

« Ainsi passèrent les années. Nous n'avions besoin ni du monde ni de personne, nous étions l'un à l'autre. Pendant le jour nous travaillions à notre petit métier, mais dès le soir tombé, et jusqu'après minuit, Willy retrouvait ma cheville, Willy reprenait mon coude, Willy remontait les pentes fabuleuses de mon dos jusqu'à leur crête enneigée de talc. La plupart du temps, il refusait de me laisser voir son travail. Il n'aimait guère que je regarde pardessus son épaule, ni par-dessus *mon* épaule en l'occurrence. J'attendais souvent des mois, folle de curiosité, inondée de ses encres brillantes et noyée dans l'arc-en-ciel de son inspiration, avant qu'il me permette d'admirer les quelques centimètres carrés dont avait progressé son ouvrage. Huit ans, huit extraordinaires années de béatitude. Et puis, un jour, ce fut fini ; l'œuvre était achevée. Willy se laissa tomber sur son lit et dormit quarante-huit heures d'affilée. Moi, je reposais près de lui, mammouth blotti contre son petit agneau noir. Il y a de cela seulement quatre semaines, docteur, il y a quatre petites semaines que notre bonheur est mort !

— Je vois, dit le docteur. Vous et votre mari souffrez, sur le plan de la création, de ce que nous appelons en termes techniques le « baby blues » c'est-à-dire, l'état d'abattement qui s'empare d'une mère après la naissance de son enfant. L'œuvre est achevée. Une période d'apathie, de tristesse même, suit invariablement. Allons, raisonnez-vous un peu. N'êtes-vous pas assurée de recueillir bientôt le fruit de votre long labeur ? Vous *allez* faire le tour du monde.

— Non ! s'écria Emma Fleet, et une larme jaillit de sa paupière. Willy peut fuir à tout moment et ne jamais revenir. Il s'est mis à rôder dans la ville. Hier, je l'ai surpris en train d'astiquer sa balance de foire et aujourd'hui il est bel et bien retourné à sa baraque pour la première fois depuis huit ans, docteur !

— Seigneur, fit le psychiatre, il... ?

— Il pèse d'autres femmes ! Oui ! Il cherche de la toile neuve. Il ne me l'a pas dit, mais je le sais, je le sais ! Cette fois, il va trouver une femme encore plus lourde, deux cent cinquante, trois cents kilos ! Voilà un mois que je sens ce qui se prépare, docteur, depuis le jour où nous avons achevé le Chef-d'œuvre. Alors j'ai mangé, oui, davantage encore, ma peau s'est tendue, toujours plus, si bien que de petites places blanches sont apparues ici et là, comme des accrocs qu'il a bien fallu que Willy raccommode, qu'il remplisse de détails nouveaux. Je me suis gavée comme une folle. Mais aujourd'hui, docteur, je n'en peux plus, je suis épuisée, au bord de la folie, et le dernier raccord est fait. De mes chevilles à ma pomme d'Adam il ne reste plus un millionième de centimètre carré où coincer un dernier démon, un derviche, un ange baroque. Je suis, pour Willy, un travail terminé. Maintenant il veut passer à autre chose. Il fera, j'en ai bien peur, quatre autres mariages, pour le moins, et chaque fois la femme sera plus vaste et la fresque plus monumentale, jusqu'au jour où mon Willy tirera le bouquet final de son génie. Depuis une semaine tout lui est sujet à critique.

— Critiquerait-il son Chef-d'œuvre avec un grand C ? demanda le docteur.

— Comme tous les artistes, il a le souci splendide de la perfection. Il découvre maintenant de petits défauts à son ouvrage, ici un visage dont la teinte ou la texture n'est pas exactement telle qu'il l'a souhaitée, là une main légèrement déformée par l'effet du régime d'ogresse que je me suis imposé pour engraisser encore, lui offrir encore un peu d'espace neuf et ranimer par là son intérêt. La vérité c'est que je n'ai été pour lui qu'un commencement. À présent il a fini son temps d'apprentissage, il lui faut du travail sérieux. Oh ! Docteur, je suis sur le point d'être abandonnée ! Et qu'est-ce qu'une femme portant ses deux cents kilos et toute placardée d'illustrations peut attendre de la vie ? S'il part, que ferai-je, où irai-je, qui voudra de moi ? Me retrouverai-je perdue dans le monde, comme je l'étais avant mon bonheur fou ?

— Un psychiatre, dit le psychiatre, n'a pas coutume de donner des conseils. Cependant...

— Cependant ? Cependant ? s'écria-t-elle avec véhémence.

— Un psychiatre doit laisser le patient découvrir le remède et se guérir lui-même. Pourtant, dans votre cas...

— Dans mon cas, oui, poursuivez !

— Cela semble si simple. Pour garder l'amour de votre mari...

— L'amour de mon mari, oui ?

Le docteur sourit :

— Il vous faut détruire le Chef-d'œuvre.

— Quoi ?

— Effacez-le, débarrassez-vous-en. Vous arriverez bien à faire disparaître ces tatouages, n'est-ce pas ? J'ai lu quelque part que...

D'un bond, Emma Fleet fut debout.

— Oh ! Docteur ! C'est *ça* ! Bien sûr que cela peut se faire ! Et qui mieux est, Willy lui-même le fera ! Il lui faudra trois mois rien que pour me laver, me libérer de ce Chef-d'œuvre qui l'agace maintenant. Alors je retrouverai ma blancheur virginale, et nous nous remettrons à l'œuvre pour huit longues années, puis huit autres encore, puis huit autres. Oh ! Docteur, je sais qu'il acceptera ! Peut-être même attendait-il seulement que je le lui suggère... Et moi, stupide, je n'ai rien deviné. Oh ! Docteur, docteur.

Et elle le broya entre ses bras.

Quand le docteur se fut libéré, heureusement intact, elle s'écarta un peu et se mit à tourner en rond.

— Comme c'est étrange, dit-elle, en une demi-heure vous avez résolu le problème de ma vie pour les trois mille jours qui viennent, et même davantage. Vous êtes très fort, docteur, je paierai ce que vous voudrez !

— Mon modeste tarif habituel suffira, répondit le docteur.

— Je brûle d'impatience de l'annoncer à Willy ! Pourtant, puisque vous avez été si habile, vous méritez bien de voir le Chef-d'œuvre avant qu'il ne soit détruit !

— Ce n'est guère nécessaire, madame...

— Si, s'écria-t-elle, en déboutonnant son manteau monumental. Il faut que vous appréciiez de vous-même l'esprit rare, le coup d'œil, la main d'artiste de Willy Fleet, avant que nous en commencions un nouveau !

— Ce n'est pas vraiment...

— Voilà, dit-elle, et le manteau s'ouvrit tout grand.

Le docteur ne fut pas tellement surpris de découvrir qu'elle était complètement nue sous son manteau.

Sa gorge se serra. Ses yeux s'écarquillèrent, sa mâchoire tomba ; il se rassit lentement, bien qu'en réalité une part de lui-même fût tentée de rester au garde-à-vous, comme du temps qu'il était petit garçon et que venait l'heure du salut au drapeau célébré aux accents de trois douzaines de petites voix tremblantes de respect :

Ô toi belle de tes ciels immenses
Belle des vagues d'ambre de tes épis,
Et de la majesté des montagnes empourprées
Qui trônent au-dessus de tes plaines fécondes...

Mais il restait là, confondu, cloué à son siège, fixant des yeux la femme aux ampleurs continentales.

Où rien, où pas un trait, pas un point n'était ni dessiné, ni peint, ni tatoué aucunement.

Nue, intacte, sans ornement, sans une ligne, sans une seule image.

Il avala une nouvelle fois sa salive.

Mais Mme Fleet s'était de nouveau drapée de son manteau, avec le sourire victorieux d'un acrobate qui vient d'accomplir un tour difficile. Elle fit voile vers la porte.

— Attendez..., dit le docteur.

Mais elle était dans l'antichambre, balbutiant, chuchotant : Willy, Willy ! Elle se pencha vers son époux et se mit à souffler des mots dans son oreille minuscule, jusqu'à ce que les yeux de Willy s'arrondissent et que sa mâchoire énergique et passionnée se décroche de surprise. Il se mit à battre des mains avec enthousiasme et s'écria :

— Docteur, docteur, merci, merci !

Le petit homme s'élança vers le docteur et, saisissant sa main, la secoua fermement. La chaleur de cette poigne, dure comme pierre, étonna le docteur. C'était la main d'un homme qui s'est voué à son art ; sur son visage farouchement illuminé, les yeux brûlaient d'un feu sombre.

— Tout va s'arranger ! s'écria Willy.

Le regard hésitant du docteur passa du petit Willy à ce gros ballon qui lui offrait son ombrage et le tirait de toutes ses amarres, impatient de reprendre son ascension béate.

— Nous n'aurons pas besoin de revenir ? Jamais ?

Mon Dieu, pensait le docteur, croit-il vraiment qu'il l'a enluminée de la poupe à la proue et joue-t-elle le jeu pour ne pas le contrarier ? Est-il fou ?

Ou bien est-ce elle au contraire qui se croit tatouée de pied en cap, et lui qui se fait complice de sa fantaisie ? Est-elle folle ?

Ou — ce qui serait un comble — croient-ils tous les deux que le grand Willy a refait là le plafond de la chapelle Sixtine, et que le corps de son épouse fourmille d'un essaim de figures d'une beauté et d'une éloquence rares ? Croient-ils, savent-ils tous deux, se plient-ils chacun au caprice de l'autre dans un univers aux dimensions particulières ?

— Faudra-t-il revenir vous voir ? demanda Willy Fleet une seconde fois.

— Non !

Le docteur exhalait une prière.

— Non. Je ne pense pas.

Et pourquoi ? Parce qu'il venait de faire — par une grâce absurde, et presque par hasard — il venait de faire, n'est-ce pas, la chose à faire ? En prescrivant un remède pour un cas à peine entrevu, il avait opéré une guérison complète. Pas vrai ? En conseillant la destruction du Chef-d'œuvre, sans chercher à savoir si elle ou lui croyaient — ou s'ils croyaient tous deux —, à son existence, il avait fait d'Emma une toile nette, séduisante, toute belle — si c'était bien là ce qu'elle demandait. Et si Willy de son côté cherchait une peau de femme neuve à griffonner, à barbouiller de tatouages imaginaires, il y trouvait aussi son compte, ma foi, puisqu'on lui rendait une Emma blanche et intacte.

— Oh ! Merci docteur, merci, merci.

— Ne me remerciez pas, répondit celui-ci.

Il allait ajouter : je n'ai rien fait. Tout cela n'est qu'une plaisanterie, un coup de veine, une surprise ! J'ai dégringolé les marches et je me suis retrouvé sur mes pieds !

— Au revoir, au revoir.

Et l'ascenseur commença à descendre, entraînant la grosse dame et le petit monsieur vers les profondeurs d'une terre qui, soudain, ne paraissait plus trop solide, et dont les atomes s'écartaient pour les laisser passer.

— Au revoir, merci, merci... merci...

Ils avaient déjà bien dépassé le quatrième étage quand leurs deux voix, répétant toujours son nom et louant la puissance de son esprit, finirent par se perdre dans le silence.

Le docteur regarda autour de lui et rentra dans son cabinet d'un pas mal assuré. Il ferma la porte, s'appuya contre la boiserie.

— Docteur, murmura-t-il, à présent, soigne-toi toi-même.

Il fit quelques pas ; il ne se sentait pas tout à fait réel. Il fallait qu'il s'allonge, ne serait-ce qu'un moment.

S'allonger ? Où ?

Mais sur le canapé, voyons, sur le canapé.

Un rare miracle d'ingéniosité[1]

1. Les extraits de *Kubla Khan* de Samuel Taylor Coleridge sont traduits par Jacques Darras (*La Ballade du Vieux Marin et autres textes*, Poésie-Gallimard, 2007).

Il ne faisait ni trop doux ni trop sec, ni trop chaud ni trop froid. L'antique Ford T se secouait de toute sa ferblanterie sur la colline nue. Les vibrations de sa carcasse faisaient jaillir, sur son passage, des volatiles en d'éclatants bouquets de poussière. Les monstres de Gila, les nonchalants étalages de bijouterie indienne s'écartaient de son chemin. Le véhicule beuglait et grondait en s'enfonçant dans l'inconnu sauvage.

Sur le siège, le vieux Will Bantlin se retourna pour jeter un coup d'œil.

— Tourne ! beugla-t-il.

Bob Greenhill fit déraper la Ford et l'arrêta derrière un panneau publicitaire. Aussitôt les deux hommes se retournèrent. Tous deux se hissèrent sur le toit cabossé de la voiture en pestant contre la poussière que les roues avaient soulevée :

— Pourvu qu'elle retombe ! Qu'elle retombe ! Mon Dieu...

La poussière s'affaissa lentement. Juste à temps.

— Baisse la tête !

Une moto qui semblait échappée tout droit des neuf cercles de l'Enfer les dépassa dans un bruit de tonnerre. Penché sur un guidon graisseux, une silhouette d'ouragan filait dans le vent : un homme, au visage buriné et des plus déplaisants, grillé par le soleil bien que protégé par de grosses lunettes. L'homme et son engin rugissant disparurent au bout de la route.

Les deux vieux compagnons se rassirent en soupirant.

— À la prochaine, Ned Hopper, dit Bob Greenhill.

— Mais pourquoi ? demanda Will Bantlin. Pourquoi faut-il qu'il nous talonne toujours ?

— Dis donc pas de bêtises, Willy William, répliqua Greenhill. On est sa chance, ses cochons truffiers. Pourquoi nous laisserait-il filer quand il lui suffit de nous suivre à travers le pays pour s'enrichir à nos dépens ? Il est heureux, et nous, eh bien ! pauvres et sages.

Les deux hommes se regardèrent avec un demi-sourire. Qu'est-ce que le monde ne leur avait pas fait voir, quand on y pensait ! Ils avaient vécu ensemble trente ans de non-violence, ou plutôt de paresse. « Je sens venir la moisson », disait Will, et ils quittaient le patelin avant que le blé ne soit mûr. Ou : « Ces pommes ne vont pas tarder à tomber ! » Et ils se retrouvaient à cinq cents kilomètres de là pour ne pas en recevoir une sur la tête.

Bob Greenhill ramena doucement la voiture sur la route avec la superbe détonation qui s'imposait.

— Willy, mon vieux, ne te décourage pas.

— J'ai passé le cap du découragement, dit Will. Je suis jusqu'au cou dans « l'acceptation ».

— Accepter quoi ?

— Qu'on trouve un jour un coffre au trésor rempli de boîtes de sardines et qu'on n'ait pas d'ouvre-boîtes. Un millier d'ouvre-boîtes le lendemain et pas une sardine.

Bob Greenhill n'écoutait plus que le moteur se parler tout seul comme un vieillard, sous le capot, avec des relents de nuits d'insomnie, d'os rouillés et de rêves rabâchés.

— Notre malchance ne va pas durer éternellement, Willy.

— Non, mais elle s'obstine bougrement. On se met à vendre des cravates, et qui est-ce qui s'installe en face à dix cents de moins ?

— Ned Hopper.

— On déniche de l'or à Tonopah, et qui enregistre la concession le premier ?

— Ce vieux Ned.

— Est-ce qu'on ne lui a pas fait assez de fleurs pour la vie ? N'est-il pas largement temps qu'on décroche quelque chose rien que pour nous, qui ne finisse pas dans sa poche ?

— Plus que temps, Willy, répondit Robert en conduisant avec calme. Le malheur, c'est que toi, moi, et Ned, on n'a jamais vraiment su ce qu'on voulait. On a visité toutes les villes fantômes, découvert quelque chose, mis la main dessus. Ned le découvre et met aussi la main dessus. Il ne le veut pas pour de vrai, il ne le veut que parce que *nous* le voulons. Il s'y accroche jusqu'à ce qu'on s'en aille, puis il s'en débarrasse et nous court au train pour une autre poubelle. Le jour où nous saurons vraiment ce que nous voulons, Ned aura peur de nous et disparaîtra à jamais. Ah, bon Dieu !

Bob Greenhill inspira profondément l'air frais et humide du matin qui inondait le pare-brise.

— N'empêche que c'est bon. Ce ciel. Ces collines. Le désert et...

Sa voix s'éteignit.

Will Bantlin lui jeta un coup d'œil.

— Qu'est-ce qui ne va pas ?

Bob Greenhill roulait des yeux, ses mains calleuses serraient le volant.

— Il y a que... Il faut... quitter... la route.

La Ford cahota sur un monticule de saletés. Elle descendit sur un terre-plein sableux et émergea le long d'une péninsule desséchée surplombant le désert. Bob Greenhill, l'air hypnotisé, tendit le bras pour couper le contact. Le vieillard insomniaque et grincheux se tut sous son capot et s'endormit.

— Mais, pourquoi fais-tu *ça* ? demanda Will Bantlin.

Bob Greenhill fixait le volant sous ses mains soudain douées d'intuition.

— Il m'a semblé qu'il le fallait. Pourquoi ?

Il cligna les yeux. Il s'étira et son regard se voila.

— Peut-être rien que pour regarder le paysage. C'est bon. Tout est là depuis des milliards d'années.

— Sauf la ville, dit Will Bantlin.

— La ville ? fit Bob.

Il se retourna pour regarder. Il y avait le désert et les collines au loin, comme des lions majestueux, et suspendue dans une mer matinale de sable chaud et de lumière, quelque chose comme l'image flottante, la furtive esquisse d'une ville.

— Ça ne peut pas être Phoenix, dit Bob Greenhill. Phoenix est à cent trente-cinq kilomètres. Il n'y a pas d'autre grand centre dans les environs.

Will Bantlin froissa la carte sur ses genoux, en cherchant.

— Non. Pas d'autre ville.

— On commence à mieux voir ! s'écria brusquement Bob Greenhill.

Ils se tenaient debout dans la voiture, raides comme des piquets, et observaient l'horizon par-dessus le pare-brise maculé, leurs visages burinés caressés par un souffle d'air humide.

— Tu sais ce que c'est, Bob ? Un mirage ! Pour sûr, voilà ce que c'est ! Tout y est : les rayons du soleil, l'atmosphère, le ciel, la température. La ville est quelque part de l'autre côté de l'horizon. Regarde comme elle saute, disparaît et reparaît. Elle se reflète dans le ciel là-haut comme dans un miroir et retombe par ici où on peut la voir ! Un mirage, ben mince alors !

— Aussi *grand* que ça ?

Bob Greenhill évalua les dimensions grandissantes de la ville, que lui découvrait un nouveau tourbillon de vent et de sable.

— La reine des cités ! Ce n'est pas Phoenix. Ni Santa Fe ou Alamogordo, non. Voyons. Ce n'est pas Kansas City...

— C'est trop loin, de toute façon.

— Ouais, mais vise ces gratte-ciel. Bon sang ! Les plus hauts du pays. Il n'y a qu'un endroit comme ça au monde.

— Tu ne veux pas dire... New York ?

Will Bantlin hocha lentement la tête et ils continuèrent à contempler le mirage dans le silence. La ville était géante et brillait désormais, quasi parfaite dans la lumière du petit matin.

— Oh, mes aïeux, dit enfin Bob. Comme c'est beau !

— C'est beau, répéta Will. Mais, ajouta-t-il au bout d'un petit moment en chuchotant comme si la ville pouvait l'entendre, qu'est-ce qu'elle fait à quatre mille cinq cents kilomètres de chez elle, au beau milieu de nulle part, en plein Arizona ?

Bob Greenhill fixa la ville un moment.

— Willy, mon ami, n'interroge pas la nature. Elle est là, et ça la regarde. Les ondes radio, les arcs-en-ciel, les aurores boréales, tout ça, c'est du foin ! Disons seulement qu'on a pris une grande photographie de New York et qu'on est en train de la développer ici, à quatre mille cinq cents kilomètres, juste ce matin où on a besoin d'être requinqués, rien que pour nous deux.

— Non, pas rien que pour nous deux. Regarde !

Will fixait le sol à côté de la voiture : d'innombrables hachures et diagonales sillonnaient la poussière comme autant de fascinants symboles sur cette paisible tapisserie.

— Des traces de pneus, dit Bob Greenhill. Des centaines. Des milliers. Des tas de voitures se sont garées là.

Will Bantlin sauta de la voiture, atterrit sur le sol, fit quelques pas, se retourna, s'agenouilla pour toucher la terre d'une main soudain tremblante et furtive.

— Et pourquoi, Bob ? Pourquoi ? Pourquoi ? Pour voir le mirage ? Oui, monsieur ! Pour voir le mirage !

— Et alors ?

— Non, mais !

Will se redressa, enfla la voix comme un moteur. « Brrroummm ! » Il agrippa un volant imaginaire. Il courut le long d'une empreinte de pneu.

— Brrroummm ! Hiiiie ! Freine ! Robert-Bob, tu sais ce qu'on a dégoté ? Regarde à l'est ! Regarde à l'ouest. C'est le seul endroit à des kilomètres où on peut quitter la route, s'asseoir et se rincer l'œil à en crever !

— Pour sûr, c'est parfait, les gens repèrent tout de suite ce qui est beau...

— Ce qui est beau ? Mon œil ! À qui appartient cette terre ?

— À l'État, j'imagine.

— Tu te trompes ! À toi et à moi ! On monte un camp, on enregistre la concession, on embellit le paysage, et ça nous appartient en droit. Pas vrai ?

Bob Greenhill contemplait le désert et la ville étrange qui s'y enchâssait.

— Attends ! Tu veux dire que tu veux... *t'approprier un mirage* ?

— C'est ça, pardi ! S'approprier le mirage !

Robert Greenhill descendit et fit le tour de la voiture en examinant le terrain tissé d'empreintes.

— Est-ce qu'on *peut* ?

— Si on *peut* ? Excuse-moi pour la poussière !

En un instant, Will Bantlin enfonçait des piquets de tente et tendait des cordes.

— D'ici à ici, et de là à là, c'est une mine d'or, nous l'exploitons, une vache, nous la *trayons*, un lac rempli d'argent, nous y plongeons !

Il fouilla dans la voiture, sortit des boîtes et tira un large carton qui avait jadis servi à faire la publicité pour des cravates bon marché. Il en repeignit l'envers et y dessina des lettres.

— Willy, dit son ami, personne ne va payer pour voir un foutu...

— Mirage ? Mets une clôture, dis aux gars qu'autrement ils ne verront rien du tout, et ils ne demandent que ça ! Voilà !

Il montra sa pancarte :

VUE EXCLUSIVE DU MIRAGE
LA VILLE MYSTÉRIEUSE

25 cents par voiture. Motocyclettes : 10 cents

— Voilà une voiture. Regarde !

— William...

Mais Will courait en brandissant l'écriteau.

— Hé, par ici, regardez !

La voiture les dépassa en grondant comme un taureau dédaigneux du matador.

Bob ferma les yeux pour ne pas voir fondre le sourire de Will.

Mais soudain... un bruit merveilleux.

Le crissement des freins.

La voiture faisait marche arrière ! Will s'élança, s'agita, fit des gestes.

— Oui, monsieur ! Oui, madame ! Vue exclusive du Mirage ! La Ville Mystérieuse ! Continuez tout droit !

Les marques de pneus dans la modeste poussière se firent nombreuses, puis, presque d'un seul coup, innombrables.

Un gros nuage de poussière chaude flottait sur la péninsule desséchée où régnait le tumulte. Bruits de freins, de portes claquées, de moteurs. De partout arrivaient des voitures dc toutes sortes qui prenaient place au bout de la file. Et les gens qui les occupaient étaient aussi divers que pouvaient l'être des individus venant de tous les coins du pays, mais mus d'un coup par un seul attrait, bavards d'abord, puis de plus en plus silencieux à la vue que leur réservait le désert. Le vent leur balayait doucement le visage, décoiffait les femmes, faisait flotter le col ouvert des hommes. Ils restaient un bon moment assis dans leurs voitures ou se hissaient au bord du terrain, sans rien dire, et s'en retournaient finalement, un à un.

Une femme, dans la première voiture, leur lança gaiement en s'éloignant :

— Merci ! Comme ça *ressemble* à Rome !

— Elle a dit Rome ou... ? fit Will.

Une autre voiture roulait vers la sortie. Le conducteur saisit au vol la main de Bob.

— Oui, monsieur ! J'ai l'impression de pouvoir parler français, rien qu'à regarder !

— Français ! s'écria Bob.

Ils se précipitèrent ensemble vers une troisième voiture qui démarrait. Le vieil homme au volant secouait la tête.

— Jamais rien vu de pareil, je dois le dire, le brouillard et tout, le pont de Westminster, mieux que sur une carte postale, et Big Ben au loin dans le fond. Comment faites-vous cela ? Dieu vous bénisse. Je vous suis bien obligé.

Les deux amis, troublés, laissèrent le vieil homme s'éloigner, puis revinrent contempler leur petite bande de terre et l'horizon de plus en plus grouillant de la mi-journée.

— Big Ben ? dit Will Bantlin. Le pont de Westminster ? Le brouillard ?

Comme un écho, un tout petit écho, il leur sembla entendre... Ils n'étaient pas très sûrs et se mirent les mains en cornet aux oreilles : n'était-ce pas les trois coups d'une gigantesque horloge, là-bas, tout au fond de l'horizon ? N'entendaient-ils pas des cornes de brume alerter les bateaux et ceux-ci leur répondre sur quelque lointaine rivière ?

— L'impression de parler français ? chuchota Robert. Big Ben ? Rome ou ?... *Est-ce* bien là Rome, Will ?

Le vent tourna. Un soudain afflux d'air chaud les envahit, corrigeant le décor par pincées comme sur une harpe invisible. Le brouillard se solidifiait littéralement en monuments de pierre grisâtre. Le soleil élevait un semblant de statue dorée sur le vallonnement d'un mont frais découpé de marbre neigeux.

— Comment, demanda William Bantlin, comment tout cela peut-il changer ainsi ? Être quatre, cinq villes différentes ? Avons-nous jamais dit à personne celle qu'il verrait ? Non. Eh bien, Bob, *eh bien* !

Ils observèrent leur dernier client qui se tenait seul au bord de la péninsule aride. Robert fit signe à son ami de se taire et s'avança silencieusement à quelques pas de leur visiteur.

L'homme approchait de la cinquantaine. Il avait un visage expressif, bruni au soleil, avec des yeux clairs, bons et chaleureux, une belle mâchoire, une bouche sensible. Il avait l'air de quelqu'un qui a pas mal bourlingué dans sa vie, traversé bien des déserts à la recherche de quelque oasis personnelle. Il ressemblait à ces architectes qu'on voit errer dans les rues en ruine sous leurs bâtiments dont la ferraille, l'acier et le verre s'entassent pour emplir et bloquer un pan de ciel vide. Il avait le visage de ces bâtisseurs qui voient soudain s'amonceler en un instant devant eux, d'un bout à l'autre de l'horizon, l'impeccable matérialisation d'un vieux, vieux rêve. L'étranger, maintenant à demi conscient de la présence à ses côtés de William et Robert, parla enfin d'une voix calme, désinvolte, émerveillée. Il décrivait ce qu'il voyait, exprimait ses réactions :

— « À Xanadu... »

— Quoi ? demanda William.

L'étranger esquissa le début d'un sourire, et, sans quitter le mirage des yeux, de mémoire, récita d'un ton paisible :

À Xanadu dit Kubla Khan
Qu'on crée un grand dôme de plaisir :
Où courrait Alphe, rivière sacrée,
Par des cavernes sans fond pour l'homme
Jusqu'à une mer sans jour !

Sa voix apaisa l'air comme une incantation et les deux autres hommes devinrent plus calmes.

Deux fois cinq milles de terre fertile
Furent ceints d'un mur garni de tours ;
Des ruisseaux clairs y sinuaient dans les jardins
Où fleurissaient plus d'une essence portant l'encens,
Ailleurs d'anciennes forêts, vieilles comme la terre,
Y enfermaient des clairières d'herbes ensoleillées.

William et Robert examinèrent le mirage et ce que l'étranger leur avait annoncé était là, dans la poussière dorée : un fabuleux chapelet du Moyen-Orient ou de l'Extrême-Orient, minarets, dômes, tours fragiles s'élevant du Gobi en un magnifique poudroiement de pollen, un étalage de pierres fraîchement cuites par le fertile Euphrate, une Palmyre qui n'était pas encore en ruine, qui surgissait à peine des mains de l'architecte avant d'être abandonnée par les ans, maintenant frissonnante de chaleur, prête à disparaître à jamais dans un coup de vent.

L'étranger poursuivait, le visage métamorphosé, magnifié par sa vision :

Ô rare miracle d'ingéniosité,
Ce lumineux dôme de plaisir, ces grottes glacées !

Il se tut.

Ce qui eut pour conséquence de rendre plus

dense encore le silence intérieur de Bob et de Will.

L'étranger, les yeux humides, fouillait dans son portefeuille.

— Merci, merci.

— Vous nous avez déjà payés, lui fit remarquer William.

— Si j'avais davantage, je vous donnerais plus.

Il empoigna la main de William, y fourra un billet de cinq dollars, remonta dans sa voiture, jeta un dernier regard au mirage, puis s'assit, mit son moteur en marche, manœuvra avec une étonnante aisance et s'éloigna, l'air rayonnant, le regard empreint d'une expression paisible.

Robert, ébahi, fit quelques pas derrière la voiture.

William explosa soudain avec de grands gestes, claqua des pieds, pirouetta.

— Alléluia ! Toute la chère de la terre ! Paniers de repas ! Chaussures neuves bien crissantes ! Regarde ce que j'ai dans la main !

Robert objecta :

— Je ne crois pas que nous puissions nous l'approprier.

William s'arrêta de danser.

— Quoi ?

Robert regarda tranquillement le désert.

— Il ne pourra jamais nous appartenir en titre. C'est si loin. Bien sûr, nous pouvons nous approprier le terrain, mais... Nous ne savons même pas au juste ce que c'est.

— Mais c'est New York et...

— As-tu jamais *été* à New York ?

— J'ai toujours voulu. Jamais pu.

Robert hocha lentement la tête.

— Toujours voulu, jamais pu. Tout comme eux. Tu as entendu : Paris, Rome, Londres. Et ce type : Xanadu. Willy, Willy, on a mis la main sur quelque chose d'étrange et d'énorme. J'ai peur qu'on ait des ennuis.

— Mais on ne gêne personne, pas vrai ?

— Qui sait ? C'est peut-être vingt-cinq cents de trop pour certains. Ça ne paraît pas normal un phénomène naturel régi par des lois surnaturelles. Regarde et dis-moi si j'ai tort.

William regarda.

La ville était là, comme la première ville qu'il avait vue quand il était enfant, quand sa mère l'avait emmené en train un beau matin à travers une longue plaine d'herbe. La ville s'était élevée pierre par pierre, tour après tour, pour le voir, le voir s'approcher. Et cette ville était aussi neuve, aussi fraîche, aussi vieille, aussi effrayante, aussi merveilleuse.

— Je pense, continua Robert, que nous devrions encaisser juste assez pour une semaine d'essence, et déposer le reste dans le premier tronc pour les pauvres que nous rencontrerons. Ce mirage est comme une rivière limpide et les gens viennent parce qu'ils ont soif. Si nous étions sages, nous y plongerions un récipient, boirions un peu dans cette pleine chaleur et nous nous en irions. Car si on s'arrête pour construire des digues, essayer de prendre possession de toute la rivière...

William scrutait les alentours à travers le vent poussiéreux, il essayait de se détendre, d'accepter.

— Si tu le dis.

— Ce n'est pas moi qui le dis, c'est toute l'immensité sauvage autour de nous.

— Eh bien, moi j'suis pas de cet avis !

Les deux hommes sursautèrent et se retournèrent.

Une moto se dressait à mi-côté. Un homme à l'arrogance familière et qui ne cachait pas son mépris se tenait dessus, auréolé d'huile, les yeux masqués par de grosses lunettes, les joues broussailleuses, maquillées de graisse.

— Ned Hopper !

Ned Hopper leur rendit son plus hypocrite

et mauvais sourire, desserra ses freins et se laissa glisser jusqu'à ses vieux amis.

— Toi..., dit Robert.

Ned Hopper klaxonna à quatre reprises, avec un rire sonore, en renversant la tête.

— Moi ! Moi ! Moi ! Moi !

— Tais-toi ! cria Robert. Tu le brises comme un miroir.

— Je brise *quoi* ?

William, éprouvant l'inquiétude de Robert, jeta aux limites du désert un regard apeuré.

Le mirage s'agita, trembla, s'éclaircit, et revint s'accrocher de nouveau comme une tapisserie dans le vide.

— Y a rien là-bas ! Qu'est-ce que vous mijotez ?

Ned examina la terre imprimée de traces de pneus.

— J'avais déjà fait une trentaine de kilomètres aujourd'hui quand je me suis rendu compte, les gars, que vous vous cachiez dans mon dos. Me suis dit qu'ça ne ressemblait pas aux gars qui m'avaient conduit à c'te mine d'or en 47, et qui m'avaient prêté cette moto sur un coup de dés en 55. Toutes ces années que nous nous sommes donné un coup de main, et voilà comme ça que vous faites des cachotteries à l'ami Ned. Alors j'ai rappliqué.

Sur cette colline, là-haut, toute la journée que j'vous ai observés.

Ned tira ses jumelles de la poche avant de son blouson graisseux.

— Vous savez que j'peux lire sur les lèvres. Pour sûr ! J'ai vu toutes les voitures qui s'amenaient, et le pognon. Vous en avez un chouette spectacle !

— Mets-la un peu en veilleuse, avertit Robert. À la prochaine !

Ned sourit doucement.

— Désolé que vous partiez. Mais j'apprécie que vous quittiez ma propriété.

— Ta propriété !

Robert et William se regardèrent et répétèrent d'une voix étouffée :

— Ta propriété !

Ned rit :

— Quand j'ai vu ce que vous mijotiez, j'ai filé à Phoenix, tout simplement. Vous voyez ce petit bout de document officiel dans ma poche revolver ?

Le papier en émergeait, soigneusement replié.

William tendit la main.

— Ne lui donne pas ce plaisir, dit Robert.

William retira sa main.

— Tu veux nous faire croire que tu as rempli un formulaire d'enregistrement ?

Ned réfréna son sourire dans un plissement d'yeux.

— P't-être bien qu'oui, p't-être bien qu'non. Même si j'mentais, j'pourrais toujours filer à Phoenix sur ma bécane plus vite que votre guimbarde.

Ned examinait le terrain dans ses jumelles.

— Envoyez donc ce que vous avez empoché depuis deux heures de l'après-midi, quand j'ai rempli les papiers. Vous êtes maintenant sur mes terres.

Robert jeta les pièces dans la poussière. Ned jeta au petit tas brillant un coup d'œil distrait.

— Frappées par le gouvernement des États-Unis ! Rien que d'la foutaise, du vent, mais des ballots prêts à payer pour !

Robert se retourna lentement vers le désert.

— Tu ne vois rien ?

— Rien, et tu le *sais* ! grommela Ned.

— Mais nous, si ! s'écria William. Nous...

— William ! le coupa Robert.

— Mais, Bob !

— Y a rien là-bas. Comme il l'a dit.

De nouvelles voitures approchaient dans un concert de moteurs.

— Excusez-moi, messieurs, il faut que je m'occupe des billets !

Ned s'éclipsa, avec de grands gestes.

— Oui, monsieur, madame ! Par ici ! On paye d'avance !

William regardait Ned Hopper s'éloigner en criant.

— Pourquoi ? Pourquoi le laisse-t-on faire ça ?

— Attends, dit Robert d'un ton presque serein. Tu vas voir.

Ils s'écartèrent devant une Ford, puis une Buick et une vieille Moon.

Le crépuscule. William Bantlin et Robert Greenhill se faisaient frire un petit dîner — un soupçon de bacon et un plat de haricots — sur une colline surplombant de près de deux cents mètres le point de vue sur le mirage de la Ville Mystérieuse. De temps en temps, Robert observait le spectacle d'en dessous avec de vieilles jumelles de théâtre.

— Y a eu trente clients depuis qu'on est partis, observa-t-il. Il va devoir fermer bientôt. Plus que dix minutes de soleil.

William fixait un haricot à la pointe de sa fourchette.

— Mais dis-moi : pourquoi ? Pourquoi faut-il

que Ned Hopper sorte de sa boîte à malices chaque fois qu'on a un peu de veine !

Robert souffla sur ses jumelles et les essuya sur sa manche.

— Parce que, mon vieux Will, parce que nous sommes deux cœurs purs. On prend feu pour un rien. Et tous les méchants de la Terre peuvent apercevoir ce feu de derrière les collines et ils se disent : « Voyons, il y a des innocents, de bonnes poires toutes trouvées ! » Et les méchants viennent réchauffer leurs mains à notre flamme. Et je ne sais pas ce qu'on peut y faire, sinon peut-être l'éteindre.

William rêvassait gentiment, ses paumes offertes au feu.

— Je voudrais pas faire ça. C'est seulement que j'espérais bien que c'était notre heure. Et un type comme Ned Hopper, avec ses sales combines, est-ce qu'il n'est pas un peu temps qu'il se brûle les doigts ?

Robert se vissait les jumelles de théâtre dans les orbites.

— Temps ? Son heure vient de sonner ! Ô, homme de peu de foi !

William sauta à ses côtés. Ils se partagèrent les jumelles, un œil chacun.

— Regarde !

William s'écria :

— Péduncle Q. Mackinaw !

— Et Gullable M. Crackers !

Au loin, Ned Hopper s'affairait près d'une voiture. Les gens le menaçaient en gesticulant. Il leur rendait de l'argent. La voiture démarra. On pouvait entendre les cris de rage de Ned.

William suffoqua.

— Il rend l'argent ! Voilà qu'il va presque se battre avec cet homme, là-bas. L'homme le menace du poing ! Ned le rembourse aussi ! Regarde... il y en a encore d'autres !

— Youpi ! hurla Robert, on ne peut plus heureux de sa moitié de jumelles.

Toutes les voitures repartaient, à présent. Le vieux Ned esquissa un pas de danse rageur, lança ses grosses lunettes dans le sable, arracha la pancarte et poussa un affreux juron.

— Mes aïeux ! s'amusa Robert. Bien content de ne pas entendre ses gros mots. Viens donc, Willy !

Ned Hopper, dans une rage folle, passa en trombe devant William Bantlin et Robert Greenhill qui arrivaient à l'embranchement de la Ville Mystérieuse. Il catapulta en l'air le carton peint en braillant et grondant sur sa moto. La pancarte siffla, rebondit comme un boomerang. Elle le manqua de peu. Longtemps après que Ned eut disparu dans son bruit de tonnerre, elle retomba enfin. William la ramassa et l'essuya.

Le crépuscule était vraiment là, maintenant. Le soleil caressait les dernières collines. Tout était calme et silencieux. Ned Hopper était parti. Les deux hommes restaient seuls sur le territoire abandonné parmi les milliers de traces dans la poussière, contemplant le sable et l'atmosphère étrange.

— Oh, non... Si, fit Robert.

Le désert était vide dans la lumière rougeâtre et dorée du soleil couchant. Le mirage était parti. Quelques lutins de poussière virevoltaient et s'évanouissaient à l'horizon, mais c'était tout.

William poussa un immense soupir de regret.

— *Il* a réussi ! Ned ! Ned Hopper, reviens ! Oh, bon Dieu, Ned Hopper, tu as tout gâché ! Sois maudit !

Il s'interrompit.

— Bob, comment peux-tu rester planté là ?

Robert sourit tristement.

— Je n'ai plus que de la peine pour Ned Hopper.

— De la peine !

— Il n'a jamais vu ce que nous avons vu. Il n'a jamais vu ce que tout le monde a vu. Il n'y a pas cru une seule seconde. Et tu sais pourquoi ? L'incrédulité est contagieuse. Elle se colle aux gens.

William étudiait le terrain désolé.

— Et c'est ce qui s'est passé, selon toi ?

Robert secoua la tête.

— Qui sait ? Une chose est certaine : le mirage, la ville, les villes, quoi que ce soit... C'était là, quand les gens sont arrivés. Mais il est drôlement dur d'y voir quelque chose quand quelqu'un se met devant vous. Ned Hopper n'a même pas eu besoin de bouger. Il a mis sa grosse main sur le soleil. En un rien de temps, il n'y avait plus qu'à tirer le rideau.

— Est-ce qu'on ne pourrait pas...

William hésita.

— Est-ce qu'on ne pourrait pas rouvrir ?

— Et comment ? Comment faire qu'une chose comme ça revienne ?

Leurs yeux s'appesantissaient sur le sable, les collines, quelques nuages isolés, le ciel comme vidé de vent et reposé.

— Peut-être que si on regardait de côté, pas directement, sans y penser, sans nous en faire...

Ils se concentrèrent tous deux sur leurs chaussures, leurs mains, les pierres à leurs pieds, n'importe quoi. William finit par geindre :

— *Sommes-nous* vraiment... sommes-nous des cœurs purs ?

Robert n'eut qu'un petit rire.

— Oh, non, pas comme les gamins qui sont venus aujourd'hui et ont vu tout ce qu'ils voulaient voir, ni comme les gens simples nés dans un champ de blé et qui se promènent dans le monde par la grâce de Dieu et n'apprendront jamais rien. Nous ne sommes ni de petits ni de grands enfants, Willy, dans ce monde, mais nous avons une chose : nous sommes heureux de vivre. Nous connaissons l'air des matins sur la route, comment montent et redescendent les étoiles dans le ciel. Ce brigand, lui, a cessé d'être heureux depuis longtemps. Dire qu'il va tailler la route à moto toute la nuit, toute l'année !

Robert remarqua que William, tout en parlant, louchait soigneusement vers le désert.

— Tu *vois* quelque chose ? chuchota-t-il.

— Non. Demain, peut-être, soupira William.

Une voiture solitaire déboucha de la route.

Les deux hommes se regardèrent. Une furieuse lueur d'espoir brillait dans leurs yeux. Mais ils ne pouvaient se résoudre à agiter leurs bras et à crier. Ils se contentaient de rester plantés avec la pancarte dans les bras.

La voiture les dépassa.

Les deux hommes la suivirent d'un regard éploré.

La voiture freina. Elle fit marche arrière. Il y avait dedans un homme, une femme, un garçon et une fille. L'homme les appela :

— Vous êtes fermés pour la nuit ?

— C'est pas la peine..., répondit William.

Robert le coupa :

— Pas la peine de payer, qu'il veut dire ! Derniers clients de la journée, en famille : ce sera gratis ! À nos frais !

— Merci, les amis, merci !

La voiture fila vers le promontoire.

William empoigna le coude de Robert.

— Bob, qu'est-ce qui te prend ? Tu veux décevoir ces gosses, cette gentille famille ?

— Tais-toi, et viens, lui intima Robert avec douceur.

Les gosses sautèrent de la voiture. L'homme et la femme grimpèrent lentement dans le coucher du soleil. Le ciel était bleu et doré, un oiseau chantait quelque part dans les champs de sable et de pollen semblables à une fourrure de lion.

— Observe-les, dit Robert.

Ils s'avancèrent derrière la famille qui se tenait alignée, scrutant le désert.

William retint son souffle.

L'homme et sa femme fixaient le crépuscule d'un air gêné.

Les gosses ne disaient rien. Leurs yeux s'emplissaient des derniers éclats du soleil.

William se racla la gorge.

— Il se fait tard. Euh... On ne peut pas très bien voir.

L'homme allait répondre, lorsque le petit garçon s'écria :

— Oh, on voit très bien !

— Sûr, dit la petite fille. Là-bas !

Le père et la mère suivirent son geste, comme s'il pouvait les aider et ce fut le cas.

— Seigneur, fit la femme, j'ai bien cru un instant... Mais non, c'est bien là !

L'homme lut sur le visage de sa femme, y vit la chose, l'emprunta et la colla sur le paysage et dans le ciel.

— Oui, dit-il enfin, mais oui.

William les fixa, puis le désert, et pour finir Robert qui souriait et hochait la tête.

Les visages du père, de la mère, du fils, de la fille resplendissaient désormais devant le désert.

— Oh, murmura la fille, est-ce *vraiment* là ?

Et le père hocha la tête, le visage illuminé parce qu'il voyait ce qui ne pouvait qu'être vu, et non compris. Il parlait comme s'il était seul dans une église au milieu d'une grande forêt.

— Oui, et, Dieu, que c'est beau !

William allait relever le front lorsque Robert lui chuchota :

— Doucement. Ça vient. Ne te force pas. Doucement, Will.

Et William sut ce qu'il lui restait à faire.

— Je vais rejoindre les enfants, dit-il.

Il se dirigea lentement vers eux et se tint juste derrière le petit garçon et la petite fille. Il demeura là longtemps comme un homme entre deux chaudes flambées par une soirée fraîche, et leur compagnie le réchauffa. Il respira plus aisément et laissa enfin s'échapper son regard, son attention divaguer tranquillement vers le désert crépusculaire et la cité rêvée.

Là, dans la poussière soulevée doucement du sol, très haut, rassemblée par le vent en silhouettes de tours, de flèches et de minarets, apparut le mirage.

William sentit le souffle de Robert sur sa nuque, de Robert qui chuchotait comme s'il se parlait tout seul.

Ô rare miracle d'ingéniosité,
Ce lumineux dôme de plaisir, ces grottes glacées !

Et la ville était là.

Et le soleil se couchait, les premières étoiles apparaissaient.

Et la cité se dessinait très clairement, tandis que William s'entendit répéter à haute voix — ou bien n'était-ce que pour son seul et secret plaisir ? :

— « Ô rare miracle d'ingéniosité... »

Et ils se tinrent debout dans l'ombre jusqu'à ce qu'ils ne puissent plus rien voir.

Le meilleur
des mondes possibles

Les deux hommes étaient assis côte à côte, silencieux, ballottés de gauche à droite par les mouvements du train qui avançait dans le froid crépuscule de décembre, s'arrêtant à toutes les gares. Après le douzième arrêt, le plus âgé des deux hommes grommela :

— Idiot, idiot !

Le plus jeune le regarda par-dessus son *Times*.

— Quoi ?

Le vieil homme hocha tristement la tête.

— Avez-vous vu, à l'instant, cet imbécile courir après la femme qui sent le Chanel ?

— Ah, celle-là ? Moi aussi je suis descendu du train pour la suivre, un jour.

Le jeune homme donnait l'impression de ne pas savoir s'il devait rire ou avoir le cafard.

L'homme plus âgé grogna et ferma les yeux.

— Moi aussi, il y a cinq ans.

Le jeune homme dévisagea son compagnon comme s'il venait de découvrir un ami sur une île déserte.

— Et... vous est-il arrivé la même chose qu'à moi, une fois arrivé au bout du quai ?

— C'est possible. Racontez.

— Eh bien, j'étais à un mètre derrière elle, sur le point de l'aborder, quand son mari a surgi avec une pleine cargaison de gosses ! Vlan ! La portière a claqué. Je n'ai eu que le temps d'apercevoir son sourire de chat du Cheshire tandis qu'elle s'éloignait. J'ai attendu une demi-heure, grelottant de froid, jusqu'au train suivant. Quelle leçon !

— Mais non, cela ne vous a absolument rien appris, répliqua sèchement son compagnon de voyage. De gros abrutis en rut, voilà ce que nous sommes tous, vous, moi, eux, enfin, tous, sautillant comme des grenouilles de laboratoire à la moindre provocation.

— Mon grand-père m'a dit un jour : « grand par le sexe, petit par l'esprit, voilà le destin de l'homme ».

— Un homme sage. Mais, dites-moi, que faites-vous d'*elle* ?

— La femme ? Oh, elle aime surtout garder sa forme. Ça doit ragaillardir son foie de savoir qu'avec un petit clin d'œil doucereux elle est capable d'attirer chaque soir des grappes de lemmings autour d'elle, dans ce train. Elle a le meilleur de tous les mondes possibles, vous ne croyez pas ? Mari, enfants, plus le fait de savoir qu'elle a tout pour plaire et qu'elle peut le prouver au cours de cinq voyages par semaine sans faire de mal à personne, et encore moins à elle-même. Tout bien considéré, elle n'est pas si bien que ça, mais voilà, elle *sent* si bon.

— Foutaises, répondit le vieil homme. Ça ne prend pas. Purement et simplement, c'est une femme. Toutes les femmes sont des femmes, et tous les hommes sont de vilains satyres. Jusqu'à ce que vous vous mettiez ça dans la tête, vous ne ferez qu'échafauder des théories sur vos glandes, pendant toute votre vie. Les choses étant ce qu'elles sont, vous ne connaîtrez aucun repos avant d'avoir soixante-dix ans bien comptés. En attendant, l'étude de vous-même pourra vous offrir toute la consolation qu'il est possible de récolter dans une situation difficile. Étant donné toutes ces vérités essentielles et implacables, peu d'hommes atteignent un jour cet équilibre. Demandez à un homme s'il est heureux : il croira immédiatement que vous lui demandez s'il est *satisfait*. La satiété ! Voilà le rêve paradisiaque de la plupart des hommes. Je n'ai connu qu'un seul homme qui se montra capable d'hériter du meilleur des mondes possibles, pour employer votre expression.

— Seigneur, dit le jeune homme, les yeux brillants, il ne me déplairait pas de connaître son histoire.

— J'espère que nous avons suffisamment de temps pour cela. Ce garçon est le plus joyeux étalon, le plus réfléchi des taureaux qu'on ait jamais vu. Des épouses et des copines en veux-tu en voilà. Et malgré cela, aucun scrupule, pas le moindre petit sentiment de gêne ou de culpabilité, pas de nuit fiévreuse de lamentations et d'autopunition.

— Impossible, glissa le jeune homme. On ne peut pas manger le gâteau sans le digérer !

— C'est pourtant ce qu'il a fait, c'est ce qu'il fait, et croyez-moi, il continuera ! Pas un frémissement, pas la moindre trace de nausée morale après une de ses randonnées nocturnes sur une mer agitée d'épanchements printaniers ! Homme d'affaires florissant. Appartement à New York dans la rue la plus élégante, à une hauteur suffisante pour être au-dessus de la circulation, plus un pied-à-terre dans le comté de Bucks pour chasser de longs week-ends près d'une charmante petite rivière où il rassemble ses biquettes. C'est le plus heureux des fermiers. La première fois que je l'ai rencontré c'était l'année dernière dans son appartement de New York, juste après son mariage. Au dîner, sa femme était vraiment splendide, des bras d'un blanc crémeux, des lèvres sensuelles comme des fruits ; au-dessous de la ceinture, une générosité et une amplitude dignes de l'allégorie des moissons, au-dessus, une plénitude. Du miel dans la corne d'abondance, un plein fût de cidre pétillant pour passer l'hiver, enfin voilà l'impression qu'elle me donnait à moi, *ainsi qu'*à son mari qui lui pinçait le biceps à chaque fois qu'il passait. À minuit, prenant congé d'eux, je me suis surpris levant la main pour lui donner une tape sur le flanc comme je l'aurais fait sur un pur-sang. Dans l'ascenseur en chute libre, la vie mc semblait flotter sous moi. J'en hennis presque.

— Vos talents de conteur, vraiment... sont... incroyables, dit le jeune abonné des chemins de fer, en respirant lourdement.

— J'écris des slogans publicitaires. Bon, mais je continue. Je rencontrai de nouveau, appelons-le Smith, deux semaines plus tard. Par une pure coïncidence, je fus invité par un ami à une soirée. À mon arrivée dans le comté de

Bucks, où est-ce que je me suis retrouvé ? Chez Smith ! Et à ses côtés, au milieu du salon, se tenait cette sombre beauté italienne, toute panthère à crinière fauve et ondulante, tout minuit et pierres de lune, parée des couleurs de la terre, brun, sienne, bronze, feu, tous les tons d'un automne séditieux et tumultueusement fruité. Dans tout le brouhaha, je n'ai pas entendu son nom. Plus tard, j'ai vu Smith la serrer dans ses bras, comme on presse une magnifique grappe de muscat. Pauvre imbécile ! pensai-je. Sacré veinard ! La femme à la ville, la maîtresse à la campagne. Il foule aux pieds les vignes[1], et cætera, et tout le reste. Glorieux, non ? Mais je me dis que je ne resterais pas pour la fête des vendanges, et je filai à l'anglaise.

— Je ne pourrai pas supporter une trop grande dose de cette histoire, dit le jeune homme en essayant de soulever la vitre.

— Ne m'interrompez pas, répondit son aîné. Où en étais-je ?

1. « Il foule aux pieds les vignes où sont entreposés les raisins de la colère. » Extrait de *The Battle Hymn of the Republic*, chant patriotique américain, écrit pendant la guerre de Sécession. On en connaît plus particulièrement le refrain, auquel la phrase « Glorieux, non ? » renvoie : « Glory, glory, hallellujah ! »

— Au piétinement. Les raisins.

— Ah oui ! Eh bien, au moment où les invités se séparaient, j'ai finalement réussi à saisir le nom de l'exquise Italienne. *Mme Smith* !

— Il s'était remarié, hein ?

— Difficile. Pas le temps. Très étonné, j'ai vite réfléchi. Il doit avoir deux groupes d'amis. L'un connaît sa femme en ville, l'autre connaît cette maîtresse qu'il *nomme* sa femme. Smith est trop raffiné pour la bigamie. Je ne vois pas d'autre solution. Mystère.

— Donc... après ? dit le jeune homme, fiévreusement.

— Smith, de très bonne humeur, me conduisit à la station de chemin de fer cette nuit-là. Sur la route, il me dit :

« "Que pensez-vous de mes femmes ?

« — Femmes ? Au pluriel ?

« — Au pluriel, évidemment. J'en ai eu vingt ces trois dernières années, chacune plus satisfaisante que la précédente ! Vingt, comptez-les avec moi ! Nous y sommes !"

« Comme nous arrivions devant la gare, il sortit de sa poche une épaisse pochette de photos. Il me lança un bref coup d'œil en me la tendant.

« "Non, non, dit-il en riant, je ne suis pas Barbe-Bleue avec des douzaines de vieux coffres de théâtre dans un grenier rempli de mes précédentes épouses. Tenez, regardez !”

« Je fis glisser les photos les unes sur les autres. Elles défilèrent comme un dessin animé. Blondes, brunes, rousses, ingénues, exotiques, la fabuleuse impertinente, la sublimement docile, toutes me regardaient en souriant ou en fronçant les sourcils. Ce dessin animé m'hypnotisa puis me hanta. Il y avait quelque chose de terriblement familier dans chacune de ces photos.

« “Smith, dis-je, vous devez être très riche pour entretenir toutes ces épouses.

« — Non. Regardez encore !”

« Je fis défiler à nouveau les photos dans mes mains. Je sursautai. J'avais compris.

« “La Mme Smith que j'ai rencontrée ce soir, la beauté italienne, c'est la seule et unique Mme Smith. Mais en même temps, la femme que j'ai vue à New York il y a deux semaines est aussi la seule et unique Mme Smith. Il en découle obligatoirement que ces deux femmes font une seule et même personne !

« — Correct ! s'exclama Smith, tout fier de mon intuition de détective.

« — Impossible ! m'exclamai-je étourdiment.

« — Non, répondit Smith, exultant. Ma femme est incroyable. C'était une des meilleures actrices d'avant-garde de Broadway quand je l'ai rencontrée. Égoïstement, je lui ai demandé de quitter le théâtre sous peine de rompre notre mutuelle aliénation, la folie qui nous conduisait de divans en chaises longues. Géante devenue naine par amour, elle claqua la porte du théâtre pour faire son chemin avec moi. Durant les six premiers mois de notre mariage, la terre ne bougea pas, elle fut secouée. Mais, inévitablement, monstre que je suis, je me suis mis à observer d'autres femmes qui n'en continuaient pas moins à faire leur tic-tac de prodigieuses pendules. Ma femme me surprit à regarder l'heure dans d'autres regards. De son côté, elle était de plus en plus intéressée par les affiches de théâtre. Je la surpris plusieurs fois, plongée dans les critiques théâtrales du *New York Times*, désespérément éplorée. Une vraie crise ! Comment concilier deux destinées violentes, celle d'une actrice échevelée par la passion du théâtre, et celle d'un étalon à l'âme anxieuse et errante ?

« "Une nuit, poursuivit Smith, je reluquai une pêche Melba qui passait. Au même instant, une vieille affiche de théâtre soulevée par le vent se colla sur la cheville de ma femme. Ce fut comme si ces deux événements qui se produisaient en même temps avaient déroulé un store, avec un bruyant claquement final. La lumière en *jaillit*. Ma femme me saisit par le bras. Était-elle ou n'était-elle pas une actrice ? Elle l'était ! Alors, oh alors... bien ! Elle m'envoya au diable pendant vingt-quatre heures, ne voulut pas me laisser entrer dans l'appartement pour lui permettre de faire de vastes préparatifs très excitants. Quand je revins chez moi, l'après-midi suivant, à l'heure bleue comme disent les Français dans leur langue toujours crépusculaire, ma femme avait disparu ! Une sombre beauté latine m'offrit sa main. 'Je suis une amie de votre femme', dit-elle, et elle se jeta sur moi, me mordilla les oreilles, me fit craquer les côtes, jusqu'à ce que je la repousse. Soudain soupçonneux, je poussai un cri : 'Ce n'est pas devant une femme que je me trouve, c'est devant mon *épouse* !' Et tous deux nous tombâmes par terre en riant. C'*était* ma femme, avec un autre maquillage, habillée chez un autre couturier, avec des gestes différents et s'exprimant d'une autre façon. 'Mon actrice ! dis-je. — Ton actrice ! dit-elle en riant. Dis-moi ce que tu veux que je sois et je le serai. Carmen ? D'accord, je suis Carmen. Brunehilde ? Pourquoi pas ? J'étudierai, je créerai et quand tu t'ennuieras, je trouverai autre chose. Je me suis inscrite à une école de danse. J'apprendrai à m'asseoir, à me tenir debout, à marcher. J'apprendrai les dix mille façons de se tenir. Je suis jusqu'au cou dans les leçons d'élocution. Je me suis inscrite à Berlitz ! Je suis également membre du Yamayuki Judo Club... — Seigneur ! criai-je. Pourquoi cela ? — Pour ça !' répondit-elle. Et elle me projeta cul par-dessus tête dans le lit.

« "Eh bien, continua Smith, depuis ce jour-là, j'ai vécu les vies de Reilly et de neuf autres Irlandais ! Des rêves innombrables ont défilé pour moi en un délicieux théâtre d'ombres de femmes de toutes les couleurs, de toutes les formes, de toutes les fièvres ! Ma femme, en trouvant sa scène à elle, notre salon, et un public en ma personne, a satisfait son besoin d'être la plus grande actrice de ce pays. Un public trop limité ? Non ! Car avec mes goûts et mon éternelle insatisfaction, je suis là pour aller à sa rencontre, quel que soit le rôle qu'elle joue. Mon côté primitif coïncide avec son génie aux nuances infinies. Ainsi, finalement pris au piège mais pourtant libre, en l'aimant, j'aime toutes les femmes. C'est le meilleur de tous les mondes possibles, mon ami, le meilleur de tous les mondes possibles."

Il y eut un moment de silence.

Le train glissait dans la nuit nouvelle de décembre.

Les deux hommes, le jeune et le vieux, étaient pensifs maintenant, réfléchissant à cette histoire. Enfin, le plus jeune avala sa salive et hocha la tête avec respect.

— Votre ami Smith a résolu son problème, d'accord.

— Oui, il l'a résolu.

Le jeune homme fit quelques objections, puis sourit.

— J'ai un ami moi aussi, dont la situation était semblable quoique... différente. Est-ce que je l'appellerai Quillan ?

— Va pour Quillan, répondit le vieil homme. Mais faites vite, je descends bientôt.

— Quillan, reprit vivement le jeune homme, se trouvait dans un bar un soir avec une fabuleuse rousse. Devant elle, l'assistance se séparait comme la mer devant Moïse. Un miracle ! Voilà ce que je me suis dit. Une source vivifiante, au-delà des sens ! Une semaine plus tard, à Greenwich, j'aperçus Quillan qui marchait d'un pas tranquille à côté d'une petite femme maussade, de son âge bien sûr, trente-deux ans, mais montée en graine prématurément. Défraîchie, dirait un Anglais ; rondelette, un museau pour nez, pas assez maquillée, avec des bas qui faisaient des plis, des cheveux comme un nid d'araignée, et immensément calme. Elle était satisfaite de marcher, semblait-il, en tenant simplement la main de Quillan. Ha ! me dis-je, son pauvre petit navet d'épouse qui aime le sol qu'il foule, tandis que les autres nuits il est occupé à remonter comme une horloge cette incroyable poupée mécanique de rousse ! Quelle tristesse ! Quelle honte ! Et je continuai mon chemin.

« Un mois plus tard je rencontrai de nouveau Quillan. Il était sur le point de se précipiter dans une entrée sombre dans MacDougal Street, quand il m'aperçut.

« "Oh Seigneur ! cria-t-il. Ne dis surtout pas que tu m'as rencontré. Ma femme ne doit jamais savoir !"

« J'allais jurer de tenir le secret quand une femme appela Quillan d'une fenêtre de l'immeuble.

« Je levai les yeux, ma mâchoire en tomba.

« Là-haut, à la fenêtre, se tenait la petite maussade, la petite femme montée en graine !

« Soudain, tout devint clair. La superbe rousse était sa *femme* ! Celle qui dansait, celle qui chantait, qui parlait si facilement, si brillamment, avec tant de sensualité et d'humour en même temps, une déesse Shiva aux mille bras, la plus élégante lanceuse d'oreillers que j'aie jamais vue. Et pourtant, une femme étrangement... lassante.

« Voilà pourquoi mon ami Quillan avait pris cette chambre obscure de Greenwich Village où, deux nuits par semaine, il pouvait se reposer tranquillement dans le silence brun souris et se promener par les ruelles sombres avec sa petite maussade simplette et gentiment muette, qui n'était pas du tout sa femme comme je l'avais trop vite supposé, mais sa maîtresse !

« Je dévisageai rapidement Quillan et sa grassouillette compagne penchée à la fenêtre et serrai la main de mon ami avec une chaleur et une compréhension nouvelles.

« "Motus !" lui dis-je.

« La dernière fois que je les ai revus, ils étaient assis chez un traiteur, leurs regards se caressaient gentiment et ils ne parlaient pas. Ils se contentaient de manger des sandwiches au pastrami. Si vous réfléchissez, lui aussi, il avait trouvé le meilleur des mondes possibles.

Le train mugit, fit entendre son long sifflement puis ralentit. Les deux hommes se levèrent, s'arrêtèrent et se dévisagèrent avec surprise. Puis ils parlèrent en même temps :

— Vous descendez *ici* ?

Tous deux acquiescèrent en souriant.

Sans rien dire, ils longèrent le couloir et tandis que le train s'arrêtait dans la froide nuit de décembre, ils descendirent sur le quai et se serrèrent la main.

— Eh bien, mes meilleurs vœux à M. Smith.

— Tous mes vœux à M. Quillan !

Deux klaxons retentirent aux deux extrémités du quai. Les deux hommes jetèrent un coup d'œil à l'intérieur d'une des deux voitures. Une femme ravissante s'y trouvait. Ils regardèrent dans la direction de l'autre véhicule, où était assise également une femme ravissante.

Ils se séparèrent, se retournant tous deux pour se regarder plusieurs fois comme des écoliers, chacun jetant un coup d'œil à la voiture vers laquelle l'autre se dirigeait.

Je me demande, songea le vieil homme, si cette femme là-bas n'est pas...

Je me demande, pensa le plus jeune, si cette dame dans la voiture ne serait pas...

Mais ils s'éloignaient déjà d'un pas rapide. Deux portières claquèrent comme des coups de revolver terminant une représentation.

Les voitures démarrèrent. Le quai de la gare resta désert. Comme on était en décembre et qu'il faisait froid, la neige tomba bientôt comme un rideau.